EIN BARBARA-CARTLAND-TASCHENBUCH

Barbara Cartland

Die bittere Wahrheit

Elinor Glyn

Ausgewählt von Barbara Cartland

Erich Pabel Verlag GmbH · 7550 Rastatt

Heike Heinisch

Originaltitel:

HIS HOUR

Aus dem Englischen übersetzt von Elisabeth Simon

BARBARA-CARTLAND-Taschenbuch
2. Auflage
erscheint monatlich
im Erich Pabel Verlag GmbH, Pabelhaus, 7550 Rastatt

Vertrieb: Erich Pabel Verlag GmbH
Druck und Bindung: Elsnerdruck GmbH, Berlin
Verkaufspreis inklusive gesetzliche Mehrwertsteuer

Alleinvertrieb und Auslieferung in Österreich:
Pressegroßvertrieb Salzburg, Niederalm 300,
A-5081 Anif
Printed in Germany
August 1984
ISBN 3-488-20605-X
T 3-59-16

1.

Die Sphinx lächelte ihr ewiges Lächeln.

Es war zwei Uhr morgens. Außer Hafis, dem jungen Araber, der auf Tamaras Kamel aufpaßte, keine Menschenseele. Sie war allein mit ihren Gedanken und der Sphinx.

Das Blau des Himmels schien von Hoffnung zu sprechen. Es war ein so tiefes Blau wie sonst nirgends. Nur in Ägypten glich der Nachthimmel einem Saphir.

Gott sei Dank war sie entgegen aller Konvention allein hierhergekommen. Wenigstens die letzte Nacht, die sie in diesem Land verbrachte, wollte sie das tun, wonach ihr der Sinn stand.

Sie mußte an das entsetzte Gesicht von Millicent Hardcastle denken und lächelte in sich hinein.

„Aber Tamara, ich bitte dich!" hatte sie gerufen. „Du kannst doch nicht völlig allein um zwei Uhr nachts zur Sphinx gehen. Was meinst du, was da die Leute denken!"

„Die können denken, was sie wollen", hatte Tamara entgegnet. „Die Sphinx hat eine ganz merkwürdige Wirkung auf mich ausgeübt. Sie hat mich zu Gedanken inspiriert, die mir bisher noch nie gekommen waren."

Mrs. Hardcastles Bemerkung, man könne sich schließlich auch am Tage inspirieren lassen, hatte Tamara ignoriert.

Und so hatte sie sich an ihr nächtliches Unternehmen gemacht, während ihre Freundin Millicent in ihrem Zimmer im Mena House lag und schlief.

Tamara war Witwe. James Loraine – er war vor knapp zwei Jahren gestorben – war ein beispielhafter Ehemann gewesen. Er hatte sie verehrt und verwöhnt und ihr nie Grund zur Eifersucht gegeben, während sie ihn respektiert hatte. Ihr Herz hatte nie schneller geschlagen. Weder, wenn er kam, noch, wenn er ging.

Sie hatte ihn geliebt, wie sie ihren Vater und ihre Geschwister liebte. Als er dann plötzlich an der Lungenentzündung gestorben war, hatte sie getrauert, wie sie bei jedem Mitglied ihrer Familie getrauert hätte.

Tamara hatte eine so nette Familie.

Seit Hunderten von Jahren lebten sie auf demselben Besitz und gingen ihren Pflichten nach.

Die Familie hatte Parlamentsmitglieder hervorgebracht, Generäle, Züchter von Jagdhunden, strenge Kirchgänger und disziplinierte, wohltätige, korrekte Mitglieder der Gesellschaft.

Underdown war ihr Familienname, und Underwood hieß der Besitz.

Daß Tamara inmitten all der Dorotheen, Reginen und Mabels einen russischen Vornamen bekommen hatte, schien zu bedeuten, daß das Schicksal keinen so vorgezeichneten Lebensweg für sie erdacht hatte wie bei den anderen.

Bereits ihr Eintritt in diese Welt war für die Verhältnisse der Underdowns ungewöhnlich gewesen.

Ihre Mutter, Lady Gertrude Underdown, hatte sich mit der Frau des russischen Botschafters angefreundet und daher darauf bestanden, ihrer vierten Tochter einen russischen Namen zu geben und Prinzessin Vera, die Frau des Botschafters, zur Taufpatin zu machen.

Tamaras Vater hatte protestiert, aber sich schließlich einverstanden erklärt.

Das fünfte Kind – endlich ein Sohn – kam ein Jahr später; es bekam den schlichten Namen Tom. Kurz nach seiner Geburt hatte sich Lady Gertrude von dieser Welt verabschiedet und in die Familiengruft zurückgezogen.

Tamara und ihre Geschwister waren von einer Tante großgezogen worden. Sie hatten auf dem Lande gelebt, bis sie der Reihe nach alt genug gewesen waren, um in die Gesellschaft eingeführt werden zu können.

Tamara und eine ihrer Schwestern hatten standesgemäß geheiratet, und bereits mit dreiundzwanzig Jahren war Tamara Witwe gewesen.

Sie hatte ein stattliches Vermögen gehabt, hatte, wie es sich gehörte, ein Jahr lang Schwarz getragen, hatte sich um ihre finanziellen Angelegenheiten gekümmert und das Haus ihres Mannes großzügigerweise dessen Bruder überschrieben.

Zwei Jahre nach dem Verlust hatte sie es sich gegönnt, sich zu der Ägyptenreise überreden zu lassen, auf der sich ihre Freundin Millicent von einer schweren Angina erholen sollte.

Daß Tamara die Reise so genießen würde, hätte sie nie für möglich gehalten. Bei dem Gedanken, wie aufregend alles auf sie gewirkt hatte, überfiel sie fast ein schlechtes Gewissen.

Erst recht, als sie plötzlich ein junger Mann ansprach. Er hatte auf einer Sandbank gelegen, und Tamara hatte ihn erst gesehen, als er sich aufgerichtet hatte.

„Eine wunderschöne Göttin – finden Sie nicht auch, Madame?“ sagte er.

Daß ein wildfremder Mensch die Stirn besaß, sie anzusprechen, war unglaublich genug. Daß er aber auch obendrein noch ein Ausländer war, war der Gipfel.

Seine Stimme klang jedoch ausnehmend angenehm. Er war fast einen Kopf größer als Tamara und trotz der breiten Schultern gertenschlank.

Sein Ton war so selbstsicher, daß Tamara nicht wußte, was sie entgegnen sollte.

„Ja", sagte sie daher lediglich.

„Ich komme oft nachts hierher", fuhr der junge Mann fort. „Wenn man allein mit ihr ist, sagt sie die erstaunlichsten Dinge zu einem. Sie empfinden das sicher auch so, oder nicht?"

„Doch", antwortete Tamara.

„Als ich Ihr Kamel habe auftauchen sehen und Sie abgestiegen sind und sich da hingesetzt haben, habe ich mich erst geärgert, aber dann habe ich gemerkt, daß Sie kein Tourist sind und eigentlich gar nicht stören."

„Aha", sagte Tamara einsilbig.

„Ja, wirklich. Wenn man sich dieses Gesicht betrachtet, kommt einem so richtig zum Bewußtsein, wie unwichtig man selbst ist. Finden Sie nicht auch?"

„Doch."

„Seit wieviel tausend Jahren macht sie den Menschen auf seine Nichtigkeit aufmerksam? Und ich, für meine Person, sehe rot, wenn die Touristen vor ihr stehen und sie angaffen. Umbringen müßte man sie."

Er ballte die Hände zu Fäusten, und seine Augen funkelten.

Tamara warf ihm einen schnellen Blick zu. Er sah nicht sie an, sondern die Sphinx.

Obwohl er in seinem Äußeren völlig unenglisch

war, sah er ausnehmend gut aus. Ob er allerdings ein Gentleman war, das war zu bezweifeln.

Als er jedoch plötzlich den Kopf drehte und sie ansah, schwand dieser Zweifel. Er war möglicherweise sogar ein Gentleman schlechthin.

„Würden Sie gern einmal sehen, was eine echte arabische Nacht ist?“ fragte er.

Tamara stand auf. Das ging nun wirklich zu weit.

„Gern“, antwortete sie dennoch.

„Außer der Sphinx gibt es nämlich auch noch andere Attraktionen.“

„Nämlich?“ fragte Tamara.

„Das Dorf des Scheichs. Die meisten wissen gar nicht, daß es existiert. Und die wenigen, die es wissen, trauen sich nicht in seine Nähe. Schon gar nicht nachts. Aber mich kennen sie dort, und in meiner Begleitung sind Sie sicher.“

Damit rief er Hafis und das Kamel, sagte etwas auf arabisch und half Tamara in den Sattel.

Sie war wie hypnotisiert. Mit einem wildfremden Menschen mitten in der Nacht in die Wüste hineinzureiten war undenkbar, doch sie war bereit, es zu tun.

„Und worauf reiten Sie?“ fragte sie.

„Darauf“, antwortete der Fremde und stieß einen Pfiff aus.

Fast im selben Moment tauchte ein prachtvoller Araberhengst auf.

„Ich nehme ihn mit nach Hause“, erklärte der junge Mann. „Ein Prachtgaul, was? Ich habe ihn erst vor einer Woche gekauft, aber er kennt mich bereits.“

Er saß mit einer Leichtigkeit auf, die Tamara nur bewundern konnte.

Vermutlich ist er Österreicher, dachte sie.

Ihre Gedanken schienen dem jungen Mann völlig gleichgültig zu sein. Er ritt einfach in die Nacht hinein, und Tamara folgte ihm.

Wieder konnte sie nicht umhin, seine elegante Gestalt zu bewundern. Er saß wie ein junger Gott im Sattel.

Der Fremde ritt voraus, bis die Wüste nur noch einem Meer von Sand glich, dann wartete er auf sie.

„Jetzt ist es nicht mehr weit“, erklärte er und ritt neben ihr weiter.

Nach etwa einer Stunde hatten sie das Dorf bereits erreicht. Die Gassen waren eng, die dunklen Hütten sahen geheimnisvoll aus.

Es herrschte absolute Stille. Die Schatten wirkten im Schein des Mondes messerscharf.

Hier und da ein roter Lichtstrahl. Er zeigte auf Feuerstellen, um die Beduinen herumsaßen. Ihre Gesichter waren ernst und verschlossen.

Aus einer dunklen Gasse kam der dumpfe Klang eines Tamburins. Man hörte Stimmen und den schrillen Ton eines Saiteninstruments. Durch halbgeschlossene Fensterläden drang Licht. Eine Gruppe von Arabern bewachte Pferde und ein Kamel.

„Eine Hochzeit“, sagte der junge Mann. „Sie haben die Braut ins Haus begleitet.“

Tamara fragte sich, was wohl hinter den Fenstern vor sich ging. Hatten sich alle Frauen des Dorfs in dieser Hütte versammelt?

„Feiern sie?“ fragte sie schüchtern.

„Natürlich“, antwortete der junge Mann. „Hochzeiten und Beerdigungen sind eine willkommene Gelegenheit dazu. Die Araber sind klug genug, alles dem Schicksal zu überlassen. Sie streben nicht nach Dingen, die sie nicht bekommen können.“

Die Gruppe von Männern verstellte den Weg.

„Na, na“, beschwichtigte sie der junge Mann lachend.

Er griff in die Tasche, holte eine Handvoll Silbermünzen heraus, warf sie unter die Araber, sagte etwas in deren Sprache und deutete auf die erleuchteten Fenster.

Dann nahm er Tamaras Kamel am Zaumzeug und führte es weiter. Die Männer lachten und rauften sich um die Münzen.

„Sie können zum Teil recht unangenehm werden“, erklärte der junge Mann, als sie wieder in einer ruhigen Gasse waren. „Der Scheich, der hier wohnt, bildet sich übrigens ein, daß die Pyramiden ihm gehören.“

Während er sprach, sah der junge Mann zu Tamara auf. Er hatte einen Schnurrbart und auffallend geschwungene Lippen, für einen Mann vielleicht etwas zu geschwungen.

Die leicht orientalisch geschnittenen, sehr dunklen Augen hatten schwere Lider.

Nicht der Anflug eines Lächelns. Wenn der junge Mann sprach, war sein Gesicht ernst. Lachte er jedoch, so war sein Lachen spontan und fröhlich.

Als sie in die nächste Gasse einbogen, bot sich ihnen ein spaßiges Bild: Zwei Geißböcke, die sich offensichtlich losgerissen hatten, vollführten einen erbitterten Kampf. Wie besessen nahmen sie immer wieder Anlauf, um sich erneut mit ihren Hörnern zu verhaken.

Der junge Mann hielt sein Pferd an und beobachtete sie.

„Ich mag jede Art von Kampf“, sagte er.

Erst als sie die Stimme hörten, merkten die Geißböcke, daß Menschen da waren, und flohen.

Sie ritten weiter, und Tamara kam sich reichlich

idiotisch vor. Sie hätte dem Fremden so manche Frage stellen wollen, wagte es jedoch nicht.

Wer war dieser Mann? Warum hielt er sich in Ägypten auf?

Er gab sich desinteressiert und gleichgültig. Warum hatte er sie dann überhaupt angesprochen? Nicht eine Frage hatte er ihr gestellt, geschweige denn auch nur die leiseste Neugierde gezeigt. Sie fand das irgendwie merkwürdig und fast beleidigend.

Sie kamen zu einem kleinen See am Rande des Dorfs. Der Mond spiegelte sich in seinem Wasser. Alles war totenstill und leblos. Nur der Fremde und sie, allein in der Nacht.

„Ich nehme an, Sie wollen jetzt zurück zum Hotel", sagte er. „Ich werde Sie begleiten."

„Und Sie?" fragte Tamara, ehe sie sich davon abhalten konnte. „Wo gehen Sie hin?"

„Manchmal in die Hölle", antwortete der Fremde mit undurchsichtigem Blick. „Heute allerdings gehe ich zur Abwechslung einmal ins Bett."

Tamara hätte sich ohrfeigen können. Sie kam sich richtig dumm vor. Warum hatte sie aber auch diese Frage gestellt!

Ohne ersichtlichen Grund fing der Araberhengst plötzlich zu tänzeln und zu bocken an, aber der junge Mann lachte bloß.

„Nur so weiter", sagte er. „Ein Zeichen, daß du Temperament hast – das gefällt mir."

Als das Hotel in Sicht war, hatte Tamara plötzlich Angst, gesehen zu werden. Millicent durfte keinesfalls erfahren, daß sie nicht allein zurückgekommen war.

Sie setzte ein selbstsicheres Gesicht auf.

„So", sagte sie. „Haben Sie vielen Dank. Weiter

brauchen Sie mich nicht zu begleiten. Auf Wiedersehen."

Der junge Mann sah zu ihr auf und schüttelte lachend den Kopf.

„Kein Grund zur Nervosität", erklärte er spöttisch. „Ich bringe Sie bis zum Tor, und dann reite ich zurück."

Tamara biß die Zähne zusammen und schwieg.

„Ich nehme an", sagte der junge Mann, als sie das Tor erreicht hatten, „daß wir uns eines Tages wieder begegnen. Wie heißt es noch in dem arabischen Sprichwort? Begegnet euch vor Einbruch des Tages, aber scheidet nicht früher. Gute Nacht."

Ehe Tamara etwas entgegnen konnte, galoppierte der junge Mann über einen Pfad, der in die Wüste hineinführte.

Wo wollte er hin? In die Hölle?

Als Tamara am nächsten Morgen aufwachte, kam ihr alles wie ein Traum vor. Sie saß lange am Fenster ihres Hotelzimmers und überlegte.

Dieser Fremde hatte sie beeindruckt.

Wer war er, und wie mochte er bei Tageslicht aussehen? Wie war es möglich, daß er ihre Gedanken derart beschäftigte? Sie kam schließlich aus einer Welt, die von Konventionen regiert wurde, und hätte gegen derlei Zwischenfälle gewappnet sein müssen.

Gelacht hatte er, als sie ihn hatte abschütteln wollen. Wahrscheinlich würde ihn vieles, was sie tat, zum Lachen reizen.

„Du erzählst gar nichts von deinem nächtlichen Ausflug zur Sphinx", stellte Millicent Hardcastle beim Frühstück fest.

Sie hatten es sich auf Millicents Zimmer kommen lassen.

„War es denn schön? Und hattest du deine Ruhe?"

„Es war phantastisch", entgegnete Tamara. „Nicht ein Tourist mehr. Irgendwie haben sich mir völlig neue Perspektiven aufgetan. Ich habe mir plötzlich überlegt, wie unwichtig man eigentlich ist."

Mrs. Hardcastle blickte die Freundin erstaunt an.

„Das wundert dich vielleicht, Millie, aber es stimmt", fuhr Tamara fort. „Tagtäglich tut man dasselbe und denkt dasselbe und ist dabei völlig uninteressiert."

„Und zu dem Schluß bist du gekommen, weil du dir die Sphinx im Dunkeln betrachtet hast?" fragte Mrs. Hardcastle.

„Ja", antwortete Tamara und wurde rot.

Noch nie hatte sie vor jemandem ein Geheimnis gehabt.

„Weißt du, Millicent, ich saß vor diesem seltsamen Monument, und die Sphinx schien zu lächeln, als mokiere sie sich über unsere Nichtigkeit."

Nach dem Frühstück brachen sie zu ihrem letzten Ritt auf. Da sie vorhatten, am Abend in Begleitung von Mitgliedern der Botschaft zum Ball des Khediven zu gehen, wollten sie früh wieder zurück sein.

Am Tag darauf sollten sie die Heimreise antreten. Mrs. Hardcastle hatte Sehnsucht nach ihren Kindern. Sie waren nur knappe vier Wochen von zu Hause weg gewesen, man schrieb den siebenundzwanzigsten Dezember, und das traute Heim und der Ehemann warteten.

Tamara hatte keine Verpflichtungen. Sie wäre gern noch länger in Ägypten geblieben.

Aber – man sollte das Schicksal nicht herausfordern.

„Sollen wir nicht einmal diesen Pfad entlangreiten, Millicent?“ schlug sie vor, als sie das Tor passiert hatten. „Das haben wir bisher noch nicht gemacht, und vielleicht hat man ja von dem Hügel dort einen schönen Ausblick.“

Was sie wirklich zu entdecken hoffte, wußte sie selbst nicht. Auf alle Fälle ritten sie den Pfad entlang und kamen schließlich zu einem eingezäunten Grundstück, auf dem ein Bungalow stand.

Wegen der schmucklosen, nüchternen Bauweise hatte Tamara ihn von der Ferne für eine Art Wasserreservoir gehalten, das zum Hotel gehörte.

Vor dem Haus befand sich eine Veranda, und als sie näher kamen, sahen sie, daß ein junger Mann dort in einem Liegestuhl lag.

Der junge Mann trug einen seidenen, blau-weiß gestreiften Schlafanzug, die Jacke war aufgeknöpft, und man sah die nackte Brust. Ein Bein hing lässig über der Armlehne des Liegestuhls, der Fuß war nackt!

Mrs. Hardcastle war schockiert und trieb ihr Pferd an, um möglichst schnell an diesem anstößigen Anblick vorbeizureiten.

Tamara folgte ihr, sah aber gerade noch, wie der junge Mann sich mit wütendem Gesicht aufrichtete.

Diese verfluchten Touristen, hörte sie ihn förmlich sagen.

Tamara glühte vor Scham. Glaubte er jetzt vielleicht, daß sie seinetwegen hier vorbeigeritten war?

Er mußte sie wiedererkannt haben. Oder vielleicht doch nicht? Mit dem großen Strohhut und dem darübergebundenen Chiffontuch sah sie doch völlig anders aus als in der vergangenen Nacht, in der sie sich ohne Kopfbedeckung aus dem Hotel gewagt hatte.

Aber warum war sie überhaupt hierhergekommen? Hätten sie nicht wie immer um die Pyramiden herumreiten können?

„Tamara", sagte Mrs. Hardcastle. „Hast du gesehen, daß auf der Veranda ein Mann lag? Nicht einmal anständig angezogen war er!"

„Das ist mir nicht aufgefallen", log Tamara. „Daß du überhaupt hingesehen hast, Millie!"

„Weiß Gott nicht mit Absicht!" entgegnete Mrs. Hardcastle spitz. „Er war im Schlafanzug und barfuß, stell dir vor!"

„Vielleicht war es ihm zu heiß", sagte Tamara.

„Also ich muß doch schon sehr bitten!" ereiferte sich Mrs. Hardcastle. „Jeder anständige Mensch ist um elf Uhr morgens angezogen – ganz gleich, wie das Wetter ist."

„Vielleicht ist er eben kein anständiger Mensch", entgegnete Tamara. „Vielleicht ist er verrückt. Wie sah er denn aus, Millie, wenn du schon so genau hingesehen hast?"

Mrs. Hardcastle warf einen vorwurfsvollen Blick über die Schulter.

„Ich habe dir doch schon eben gesagt, daß ich nicht mit Absicht hingesehen habe. Aber wenn du mich schon fragst – er ist sehr groß und hat keine besonders dunklen Haare. Er muß Engländer sein."

„Bloß das nicht!" rief Tamara. „Doch kein Engländer!"

„Wieso regst du dich denn plötzlich so auf?" fragte Mrs. Hardcastle erstaunt.

„Weil ich der Meinung bin, daß ein Engländer wohl kaum in einem Schlafanzug auf der Veranda liegen würde", antwortete Tamara. „Zumindest keiner von den Engländern, die wir hier in Kairo kennengelernt haben. Sie sind viel zu beschäftigt."

„Dann ist es wahrscheinlich ein Geisteskranker, der mit seinem Pfleger in dem Haus wohnt. Ein Glück, daß unsere Pferdeburschen dabei sind."

Tamara lachte.

„Aber Millie!" rief sie. „Was hätte er uns denn schon tun sollen? Wir hätten eben nicht über den Pfad reiten sollen."

„Trotzdem liegt man nicht unangezogen im Freien", wiederholte Mrs. Hardcastle mit Nachdruck. „Das gehört sich nicht. Es hätten ja junge Mädchen in unserer Begleitung sein können. Ein entsetzlicher Gedanke!"

„Denk nicht mehr darüber nach", sagte Tamara lachend.

Als sie am Spätnachmittag in einer offenen Kutsche durch das Tor fuhren, ritt ein junger Mann auf einem Araberhengst an ihnen vorbei.

Er würdigte sie nicht eines Blickes.

„Tamara, schau!" flüsterte Mrs. Hardcastle. „Der Geisteskranke, der bloß einen Schlafanzug anhatte."

„Tatsächlich?" entgegnete Tamara, und das Herz schlug ihr bis zum Hals hinauf.

2.

Tamara hatte bisher nicht einen Tanz ausgelassen.

Im Moment war ein schmucker Husar ihr Partner.

„Sollen wir nicht in der Nähe der Königlichen Hoheiten stehenbleiben und uns die Russen betrachten?" schlug er vor. „Heute ist nämlich ein Großherzog angekommen. Er soll heute abend auch hiersein."

Einen Moment später stellte sich heraus, daß nicht

nur der Großherzog anwesend war, sondern auch der junge Mann, der sie an der Sphinx angesprochen hatte und offensichtlich zum Gefolge des Russen gehörte.

Er trug eine prachtvolle, scharlachrote Uniform und sah aus wie ein Märchenprinz.

Er schien Tamara nicht zu sehen, doch als sie weitertanzte und erneut stehenblieb, um zu verschnaufen, stand er plötzlich ganz in ihrer Nähe.

Ihre Blicke trafen sich. Auf seinen Lippen lag dasselbe spöttische, provozierende Lächeln, das sie ärgerte und gleichzeitig faszinierte. Er machte keinerlei Anstalten, sich zu verbeugen, und Tamara war wütend.

So eine Frechheit, dachte sie. Er hätte sich wenigstens vorstellen können.

Sie wußte, daß sie fabelhaft aussah. Eine blonde, vornehme Frau, so blühend und frisch wie ein junges Mädchen. Es gab kaum einen Mann im Saal, dessen bewundernde Blicke sie nicht verfolgten.

Ihre Augen strahlten, ihre Wangen glühten, und sie tanzte weiter.

Sie vermochte das Scharlachrot nicht mehr aus ihrem Blickfeld zu verbannen. Etwa eine halbe Stunde war sie wieder ganz in seiner Nähe.

Er tanzte nicht. Hin und wieder sprach er ein paar Worte mit dem Großherzog. Schließlich wurden er und der Rest des Gefolges den offiziellen Damen vorgestellt. Er machte einen gelangweilten Eindruck.

Obwohl alles über die Russen sprach und es daher nicht weiter aufgefallen wäre, erkundigte sich Tamara nicht nach seinem Namen.

Sie mied auch die Engländer, die in einer Gruppe zusammenstanden. Als sie das nächstemal an dem jungen Mann vorbeitanzte – man hatte ihr inzwischen erzählt, er sei Kosak –, streifte sie ihn wie zufällig mit einem flüchtigen Blick.

Kurz darauf wurde sie von einem Attaché gebeten mitzukommen.

„Ich möchte Sie dem Großherzog vorstellen", erklärte dieser.

Nicht nur ihm wurde sie vorgestellt, sondern auch seinem Gefolge.

„Prinz Milaslawski", hieß es, als der junge Mann vor ihr stand.

Sie hörte, wie ihn einer seiner Freunde „Gritzko" nannte.

Der Name klang angenehm in ihren Ohren, aber wie konnte er sie so erniedrigen? Sie hätte sich nicht von ihm ansprechen lassen dürfen, jetzt mußte sie dafür büßen.

Zu allen anderen sagte sie ein paar belanglose Worte in französisch, und als er immer noch bloß dastand und sie mit provozierenden Blicken betrachtete, wandte sie sich ab und biß sich vor Wut und Scham auf die Unterlippe.

„Würden Sie mir die Ehre des nächsten Tanzes geben, Madame?" sagte plötzlich jemand neben ihr.

Sie hob den Kopf, sah dem Prinzen in die Augen und zögerte einen Moment. Wenn es nach ihr gegangen wäre, hätte sie abgelehnt, doch das gehörte sich nicht. Und absurd wäre es obendrein gewesen.

„Ja", antwortete sie daher in kühlem Ton.

Er legte einen Arm um sie und nahm ihre Hand. Das Orchester spielte einen besonders temperamentvollen Walzer, und er bewegte sich wie ein junger Gott.

Tamara sagte nicht ein einziges Wort. Sie sah ihn nicht an, sondern hielt den Kopf absichtlich so, daß er lediglich die funkelnden Diamanten ihres Diadems sehen konnte.

Er tanzte fabelhaft und übte eine Anziehungskraft auf Tamara aus, die ihr fast peinlich war. Schließlich hielten sie einen Moment inne, und nun sprach er endlich.

Nicht die leiseste Anspielung auf die vergangene Nacht. Er sprach über Kairo, über Polo und Pferderennen und erzählte, daß der Großherzog erst am Morgen angekommen sei. Er gehöre nicht direkt zu seinem Gefolge, sondern sei zum eigenen Vergnügen in Ägypten. Seit November sei er schon da, habe viele Exkursionen unternommen und zum Glück einen kleinen Bungalow gefunden, in dem er Ruhe habe.

Und dann mußte Tamara plötzlich lachen.

Sie hatte daran denken müssen, wie schockiert Millicent Hardcastle wegen des Schlafanzugs gewesen war. Ob es ihr wohl klar war, daß der Prinz und der Geisteskranke ein und dieselbe Person waren?

Als sie lachte, legte er den Arm wieder um sie und tanzte weiter. Diesmal hielt er sie sehr fest.

Wieder lachte Tamara.

„Wenn Sie so lachen", sagte er, „küsse ich Sie hier mitten im Saal."

Tamara blieb wie angewurzelt stehen. Ihre Augen sprühten vor Zorn.

„Lassen Sie Ihre impertinenten Bemerkungen!" sagte sie.

Sie befanden sich gerade am Rande der Tanzfläche. Alles hatte ihnen den Rücken zugekehrt. Der Prinz beugte blitzschnell den Kopf und küßte ihren Nacken.

Er ging dabei so geschickt vor, daß es für einen eventuellen Beobachter ausgesehen haben mußte, als habe er etwas vom Boden aufgehoben.

Sein Kuß brannte auf Tamaras Haut. Sie hatte Mühe, die Tränen zurückzuhalten, die ihr vor Wut in die Augen steigen wollten.

„Wie können Sie es wagen!" zischte sie. „Ich könnte mich ohrfeigen, daß ich mich vergangene Nacht von Ihnen habe ansprechen lassen."

„Vergangene Nacht?" fragte er.

Er schob ihre Hand in seine Armbeuge und ging mit ihr auf die Gruppe von Engländern zu.

„Vergangene Nacht", sagte er, „hatten Sie Angst, mit mir gesehen zu werden, und heute abend fordern Sie mich heraus. Noch einmal, und ich küsse Sie auf den Mund."

Tamara wurde leichenblaß. Sie hatte das Gefühl, der Boden müsse unter ihren Füßen weichen. Ihre Knie gaben nach. Während ihres ganzen konventionellen Lebens hatte sie noch nie derlei Empfindungen verspürt.

Der Prinz sah sie an, und die Wildheit wich aus seinem Blick. Er verbeugte sich und zog sich höflich zurück.

Gott sei Dank, dachte sie ein paar Stunden später, als sie sich schlafen legte, Gott sei Dank reisen wir morgen ab. Ich werde ihn nie wiedersehen, und niemand wird je davon erfahren.

Am nächsten Morgen traten sie die Heimreise an. Ihr Abteil war ein einziges Blumenmeer, und je weiter sie sich von Kairo entfernten, desto mehr atmete Tamara auf. Bald würden sie das Land verlassen haben, in dem ihr so unendlich Peinliches widerfahren war.

In Alexandrien angekommen, begaben sie sich sofort aufs Schiff.

Weder Tamara noch ihre Freundin Millicent vertrugen Seereisen besonders gut, und beide waren todmüde.

Am nächsten Tag, es war ein Sonntag, war es ziemlich windig. Am Nachmittag jedoch beruhigte sich das Wetter, und Tamara beschloß, sich anzuziehen und an Deck zu gehen.

Ihre Zofe folgte ihr mit einer Wolldecke, einem Kissen und einem Buch. Erst als Tamara fest eingepackt in ihrem Liegestuhl saß, merkte sie, daß Millicent neben ihr lag.

„Du bist mir vielleicht ein Faulpelz“, stellte die Freundin fest. „Den ganzen Tag verschlafen! Seit Mittag ist das Wetter prachtvoll, und ich habe sehr angenehme Stunden verbracht.“

„Wie nett“, erwiderte Tamara im Konversationston.

„Dieser äußerst höfliche junge Prinz, den wir auf dem Ball kennengelernt haben, ist auch an Bord“, fuhr Millicent Hardcastle fort. „Dieser Liegestuhl da neben deinem ist seiner. Er reist mit Stephen Strong. Wir haben uns stundenlang unterhalten.“

Das Blut drohte Tamara in den Adern zu erstarren.

„Ich habe ihn im Zug gar nicht gesehen“, sagte sie in ihrer Verzweiflung. „Und auch nicht, wie er an Bord ging.“

„Ich auch nicht. Man hat ihn zu uns an den Tisch gesetzt. Zum Glück ist er uns ja schon vorgestellt worden, denn mit einem Fremden hätten wir uns unmöglich unterhalten können. Nicht einmal auf einem Schiff kann man das tun.“

Tamara überlegte, wie sie sich verhalten sollte. Den Prinzen schneiden, ohne Millicent zu erklären, warum sie das tat, war unmöglich. Also mußte sie sich ablehnend geben, und wenn weitere Frechheiten seinerseits folgten, würde sie die Kabine eben nicht mehr verlassen.

Was für ein ärgerlicher Zufall! Und sie hatte geglaubt, den Mann nie wiederzusehen. Doch jetzt sollte er sie pausenlos an den peinlichsten Augenblick ihres Lebens erinnern.

Sie hatte etwa eine halbe Stunde Zeit, sich wieder etwas zu fangen, ehe der Grund ihrer Unruhe auftauchte, um dann jedoch lediglich mit Stephen Strong an ihr und Millicent vorbeizuspazieren und höflich die Mütze zu ziehen.

„Ist es dir eigentlich noch nicht aufgefallen, Millie", sagte Tamara, weil sie das Bedürfnis hatte, die Freundin zu ärgern, „daß der Prinz der junge Mann ist, den wir im Schlafanzug auf der Veranda haben liegen sehen? Ich bin erstaunt, daß du dich mit so einem Menschen unterhältst."

„Also wirklich, Tamara", entgegnete Mrs. Hardcastle. „Ich hatte den unangenehmen Zwischenfall längst vergessen. Wie kannst du mich daran erinnern! Er ist ein sehr respektierlicher, bescheidener und anspruchsloser junger Mann. Es wäre ihm bestimmt hochnotpeinlich, wenn er wüßte, daß wir ihn in dem Aufzug gesehen haben."

„Pst! Da kommt er!" zischte Tamara, klappte schnell das Buch auf und senkte den Kopf.

„Mrs. Loraine hat sich endlich aufgerafft, auch an Deck zu kommen", hörte sie Mrs. Hardcastle sagen und sah sich dadurch gezwungen, hochzusehen und leicht den Kopf zu beugen.

Der Prinz ließ sich durch die kühle Geste nicht beeindrucken. Er setzte sich neben Tamara, legte sich die Decke über die Beine und blickte aufs Meer hinaus.

Tamara versuchte zu lesen, aber seine Nähe raubte ihr jegliche Konzentration. Noch nie war sie einem Menschen mit einer so starken Ausstrahlung begegnet.

Er saß völlig reglos da. Tamara hatte das unwiderstehliche Verlangen, ihn anzusehen, doch sie beherrschte sich.

„Haben Sie Katzenaugen?“ fragte er plötzlich.

Jetzt, wo sie ihn hätte ansehen können, heftete sie den Blick noch fester auf ihr Buch.

„Natürlich nicht“, entgegnete sie eisig.

„Dann brauchen Sie doch auch nicht so zu tun, als könnten Sie in dem Dämmerlicht noch lesen.“

Tamara schwieg. Sie blätterte sogar eine Seite um.

„Toll, dieser Ball!“ fuhr der Prinz fort. „Haben Sie gesehen, wie die Haremsdamen aus ihrem Käfig gespitzt haben? Da haben sie wenigstens auch einmal etwas zu sehen bekommen.“

„Arme Frauen!“ sagte Tamara.

„Wieso arme Frauen?“ fragte der Prinz. „Sie genießen die Freuden des Leibes und haben keine Ängste. Bloß ab und zu der spannende Versuch, eine Rivalin zu vergiften. Armer Khedive! Muß sich durch diese Fleischmassen kämpfen, um ab und zu eine hübsche zu finden.“

Der Ton dieser Konversation mißfiel Tamara.

Wenn er doch den Mund halten würde, dachte sie, doch gleichzeitig fand sie den tiefen Klang seiner Stimme sehr aufregend.

Sie wagte einen schnellen Blick. Die hohe Stirn, der ebenmäßige Haaransatz, die gerade Nase und die sinnlich geschwungenen Lippen – der Prinz war ein fabelhaft aussehender Mann.

Er war eine Persönlichkeit und hatte einen Charme, dem sich niemand entziehen konnte.

Und erst die Augen! Sie waren riesengroß, hatten schwere Lider und einen leidenschaftlichen, geheimnisvollen und zugleich gleichgültigen Ausdruck. Tamara war sich immer noch nicht ganz sicher, aber sie glaubte, daß seine Augen grau waren. Sie hätte ihm gern eine ganze Reihe von Fragen gestellt, hielt sich aber zurück.

Der Prinz wandte plötzlich den Kopf und sah ihr mitten ins Gesicht.

„Was hat Sie eigentlich dazu veranlaßt, mitten in der Nacht zur Sphinx zu gehen?“ fragte er.

„Die Neugierde“, antwortete Tamara schnippisch. „Ich wollte zählen, aus wie vielen Steinblöcken sie zusammengesetzt ist.“

Der Prinz lachte. Es war ein herzliches, ansteckendes Lachen.

„Sie sind offensichtlich gar nicht so dumm, wie ich geglaubt habe“, sagte er. „Am Tag darauf haben Sie mit dem Chiffonschal so theatralisch ausgesehen. Wie eine hübsche Wachsfigur! Ich habe es richtig bereut, daß ich Sie mit in das Dorf genommen habe. Für mich bedeutet es nämlich eine Menge.“

Die „Wachsfigur“ ärgerte Tamara natürlich, aber der junge Mann interessierte sie.

„Tatsächlich?“ entgegnete sie.

„Von der Sphinx kann man alles über das Leben erfahren“, fuhr der Prinz fort. „Sie kann brutal sein und einen in Stücke reißen und dazu bringen, daß man zu allem fähig ist.“

Tamaras Augen wurden groß.

„Und dann obendrein noch das Dorf“, fuhr der Prinz fort. „Seine Bewohner sind wie die Tiere. Voll Leidenschaft, Wildheit und Fleischeslust. Wenn sie müde sind, verprügeln sie ihre Frauen. Aber in Ihrem Land ist man zu zivilisiert, um derlei Dinge zu verstehen."

„Demnach ist man in Ihrem Land nicht zivilisiert?" entgegnete sie und tat schockiert.

„Die primitiven Kräfte des Lebens lassen uns Gefühle empfinden, die nichts mit Wildheit zu tun haben", erwiderte der Prinz. „Damit will ich aber nicht sagen, daß wir nicht auch wild sein können. Und wenn wir es sind, dann ist der Teufel los, und die Welt steht kopf."

Tamara verstand das alles nicht. Wie konnte jemand so merkwürdig sein wie dieser Mann? War er vielleicht doch verrückt oder lediglich schrullig und so attraktiv, daß ihm niemand das Wasser reichen konnte?

Ihre Decke war leicht verrutscht, und der Prinz beugte sich zu ihr hinüber und zog sie wieder über Tamaras Beine.

„Sie haben ein so kleines, blasses Gesicht", sagte er, und seine Worte waren wie Liebkosungen. „Man muß dafür sorgen, daß Sie nicht frieren und die bösen Winde Sie nicht wegblasen."

Tamara bekam eine Gänsehaut. Warum, das wußte sie selbst nicht.

Nach dieser letzten Bemerkung wurde die Unterhaltung oberflächlich. Millicent schaltete sich mit den üblichen Banalitäten ein.

Und schon wieder ärgerte sich Tamara: Der Prinz stellte sich sofort darauf ein. Geschickt, höflich und mit völlig unbewegtem Gesicht gab er eine nichtssagende, belanglose Feststellung nach der anderen von sich. Als sich ihre Blicke einmal trafen, stieß er ein kurzes Lachen aus.

„Die Perfektion in Person – Ihre Freundin", flüsterte er ihr zu. „Und so tüchtig! Führt einen tadellosen Haushalt und setzt jedes Jahr ein Kind in die Welt. Wenn mir je eine solche Frau über den Weg laufen sollte, wird auf der Stelle geheiratet."

Tamara war außer sich. Sie nahm es ihm übel, daß er sich über Millicent lustig machte, und fand seine Ausdrucksweise abscheulich.

Sie schlug ihre Decke zur Seite, sagte, es sei ihr kalt, und bat Stephen Strong, mit ihr ein wenig an Deck auf und ab zu gehen.

Während des Dinners gab sich der Prinz wie ein wildfremder Mensch. Er unterhielt sich mit dem Captain über Navigation, ließ die Damen links liegen und bezog nur Stephen Strong in das Gespräch ein.

Tamara hatte beschlossen gehabt, ihm die kalte Schulter zu zeigen, doch dazu ließ er ihr nicht einmal die Gelegenheit.

Am Tag darauf erfuhren sie, daß sie am Dienstagmorgen in Brindisi ankommen würden, und Tamara konnte Mrs. Hardcastle dazu überreden, nicht erst in Triest, sondern schon dort von Bord zu gehen.

Am Montag war das Wetter prachtvoll, und Tamara war bester Laune, als sie gegen elf Uhr an Deck kam.

Ihre Freundin Millicent war schon oben und drehte mit dem russischen Prinzen eine Runde nach der anderen. Die beiden lachten und unterhielten sich wie alte Freunde.

Tamara paßte das nicht.

Er macht sich doch bloß über die arme Millie lustig, dachte sie.

Sie setzte sich in ihren Liegestuhl und blickte auf das tiefblaue Mittelmeer hinaus. Was sollte sie bloß mit ihrem Leben anfangen? Auf dieser Reise war ihr klargeworden, wie unerfüllt und langweilig ihre Tage dahinflossen.

Es graute ihr davor, nach Underwood zurückzukehren und den alten Trott wiederaufzunehmen. Sie war schließlich anders als die übrigen Mitglieder ihrer Familie.

Im Sommer werde ich fünfundzwanzig, dachte sie, und bisher war alles umsonst.

Irgendwann tauchte Stephen Strong auf und setzte sich in Mrs. Hardcastles Liegestuhl.

„Darf ich Sie in Ihren Gedanken unterbrechen?" fragte er. „Sie sehen so weise aus."

„Dabei bin ich naiv und dumm", entgegnete Tamara. „Sie sind ein Mensch, der die Welt kennt. Erzählen Sie mir, wie die Welt ist."

„Wenn man die Welt so nimmt, wie sie ist", sagte Stephen Strong, „wenn man nicht mit ihr hadert, ist sie sehr schön. Man sollte sie kennenlernen und dabei nie vergessen, daß der Mensch eben seine Schwächen hat."

„Da haben Sie sicherlich recht", pflichtete ihm Tamara bei. „Aber es gibt eben so viele Menschen, die sich einbilden, daß ihre Meinung die einzig gültige ist. Ich zum Beispiel gehöre dazu, und deshalb habe ich eben gesagt, daß ich naiv und dumm bin."

Millicent und der Prinz schlenderten zum x-ten Mal vorbei.

„Prinz Milaslawski", sagte Stephen Strong. „Das ist ein Charakter, den zu studieren es sich lohnt. Ich kenne ihn seit vielen Jahren, fast seit seiner Kindheit. Heute ist er neunundzwanzig oder dreißig Jahre alt und eine wirklich interessante Persönlichkeit."

„Ja", sagte Tamara, und es stimmte. „Das spürt man. Erzählen Sie mir mehr von ihm."

„Er ist in viel zu jungen Jahren zu einem enormen Vermögen gekommen und hat ziemlich intensiv gelebt. Seine Mutter war eine Basmanoff, eine steinreiche Frau. Von ihr hat er das Kosakenblut geerbt, und Sie wissen vielleicht, was das heißt.“

Tamara nickte. Sie hatte keine Ahnung, was das hieß, nahm aber an, daß es mit feurigem Temperament gleichzusetzen war.

„Man erzählt sich die tollsten Geschichten“, fuhr Mr. Strong fort. „Natürlich übertreibt man maßlos, aber die Tatsache, daß der Prinz ein faszinierender, ruheloser und draufgängerischer Mensch ist, bleibt bestehen.“

„Was für Geschichten?“ fragte Tamara.

„Keine, die man Ihnen erzählen dürfte, meine Liebe“, antwortete Stephen Strong. „Meistens handelt es sich um ganz teuflische Angelegenheiten. Einmal ist er angeblich mit einer Nonne durchgebrannt – wegen einer Wette – und hat sie bei dem Mann abgeliefert, den sie geliebt hatte, ehe ihr der Schleier aufgezwungen worden war.“

„Tatsächlich?“ sagte Tamara, nur um irgend etwas zu sagen.

„Auf seinem Landsitz feiert er manchmal Feste“, fuhr Stephen Strong fort, „die sich über drei Tage und drei Nächte ausdehnen und bei denen alles drunter und drüber geht. Es gibt jedesmal einen Skandal. Und anschließend ist er dann wieder zahm wie ein Lamm und schmeichelt sich erneut bei den alten Damen ein. Es wird behauptet, daß er weder Gott noch Teufel gehorcht, höchstens dem Zaren.“

„Wie entsetzlich“, sagte Tamara aus reiner Macht der Gewohnheit und war gleichzeitig fasziniert.

„Er ist absolut furchtlos“, erzählte Stephen Strong. „Und streckenweise zieht er sich aufs Land zurück und führt mit seinen Pferden und Hunden ein ganz ruhiges Leben. Seine Leute, ich meine die Dienerschaft, die Bauern und Tagelöhner, beten ihn an und fürchten ihn, wenn sein Blut in Wallung gerät."

„Ich finde, man sieht es ihm an, daß er sehr wild sein kann", sagte Tamara leise.

„Sie sollten ihn sehen, wenn er in Petersburg ist", sprach Stephen Strong weiter. „Ich bin überzeugt davon, daß es Ihnen wie allen anderen gehen würde."

„Wie allen anderen?" wiederholte Tamara.

„Ich meine natürlich die Frauen." Stephen Strong lächelte. „Sie liegen ihm zu Füßen. Ob nun große Dame, leichtlebiges Mädchen, Schauspielerin oder Tänzerin – alles reißt sich um ihn."

Tamara ging in Abwehrstellung.

„Ein Beweis", erwiderte sie, „wie idiotisch Frauen sein können."

Stephen Strong sah sie von der Seite her an.

Diese nette kleine Engländerin ist bereits völlig in seinem Bann, dachte er. Und wie sie sich dagegen wehrt! Wenn er allerdings beschlossen hat, sie zu gewinnen, dann hat sie nicht die geringste Chance.

Trotz ihrer lieblichen Erscheinung war Tamara jedoch kein charakterschwaches Persönchen.

„Worüber die beiden sich wohl unterhalten?" sagte sie, als der Prinz und Mrs. Hardcastle wieder an ihnen vorbeigingen.

„Er tut immer genau das, was man am wenigsten erwartet", entgegnete Stephen Strong und lachte. „Aber Mrs. Hardcastle sieht schon recht hübsch aus, das muß man zugeben."

Tamara lächelte leicht vorwurfsvoll.

„Das ist aber kein großes Kompliment", sagte sie. „Außerdem zählt doch der Wert eines Menschen."

„Meine liebe Mrs. Loraine“, bemerkte Stephen Strong. „Sie haben tatsächlich wenig Ahnung von dieser Welt.“

Tamara war nicht verärgert über diese Bemerkung. Sie sah Mr. Strong an, lächelte und zeigte ihre hübschen Zähne.

„Sie halten mich für eine dumme Gans. Aber ich habe ja selbst zugegeben, daß ich eine bin. Glauben Sie, daß ich je ganz erwachsen werde?“

„Wenn Sie jemandem begegnen, der jung ist und gut aussieht und Ihr Herz höher schlagen läßt – dann ganz bestimmt.“

In dem Moment gesellten sich Millicent und der Prinz zu ihnen. Mrs. Hardcastles große blaue Augen funkelten, ein Strahlen lag auf ihrem frischen Gesicht.

„Tamara, meine Liebe“, sagte sie in leicht exaltiertem Ton, „du bist unverbesserlich faul. Hier sitzt du schon wieder, anstatt dir etwas Bewegung zu verschaffen. Du hast ja keine Ahnung, was für interessante Dinge der Prinz mir erzählt hat!“

„Tatsächlich?“ fragte Tamara und lächelte.

„Ja, von einem russischen Schriftsteller – ach, den Namen kann ich ja doch nicht aussprechen. Auf alle Fälle hat er über den Teufel geschrieben.“

Tamara bemerkte den amüsierten, spöttischen Ausdruck in den großen Augen des Kosaken.

„Weißt du, die Art von Teufeln“, plapperte Millicent Hardcastle weiter, „die auf die Erde kommen und hübsche Frauen verführen. So etwas wie der Satan in Marie Corellis Liebesroman, den du ja auch gelesen hast.“

„Du meinst wahrscheinlich den *Dämon* von Lermontow, oder?“ fragte Tamara.

„Demnach kennen Sie das Werk dieses großen Lyrikers?“ fragte der Prinz erstaunt. „Wer hätte das gedacht!“

Wieder stieg in Tamara die Wut hoch. Vielleicht unbewußt, aber deshalb um so beleidigender, ließ er in all seinen Bemerkungen durchblicken, daß er sie für eine Frau hielt, die zwar hübsch, aber sonst völlig durchschnittlich und uninteressant war.

„Die Hauptfigur heißt wie ich“, erwiderte sie mit ruhiger Stimme, aber ihr Blick war herausfordernd.

„Tamara!“ rief der Prinz. „Wenn Ihnen allerdings ein Teufel über den Weg läuft, dann knien Sie wahrscheinlich nieder, beten, essen Bonbons und hören nicht auf ihn.“

„Das kommt ganz auf den Teufel an“, entgegnete Tamara.

„Wer länger lebt, sieht mehr“, sagte der Prinz, warf den Kopf in den Nacken und wollte sich ausschütten vor Lachen.

Tamara wurde rot vor Zorn und klappte ihr Buch auf.

„Nein, bitte lesen Sie nicht“, sagte der Prinz schnell. „Wenn wir uns unterhalten, werden Sie wütend, und wenn Sie wütend werden, erröten Ihre Wangen, und das gefällt mir.“

Tamara konnte sich kaum mehr beherrschen, doch sie schwieg. Mittlerweile waren selbst ihre Ohren rot, und sie spürte es auch noch.

„Eines Tages werden Sie nach Rußland kommen“, fuhr der Prinz fort, „und dann werden Sie so manches begreifen.“

„Danach habe ich keinerlei Verlangen“, log Tamara.

Es war schon immer einer ihrer größten Wünsche gewesen, nach Rußland zu reisen, um so mehr, als ihre Großmutter sie wiederholt eingeladen und gebeten hatte, sie zu besuchen.

„Rußland würde Sie erstarren lassen", sagte der Prinz. „Oder wachrütteln – wer weiß? Ich kenne eine alte Dame, eine sehr liebe Freundin mit schlohweißem Haar und Grübchen in den Wangen. Sie weiß Bescheid und wäre eine gute Lehrmeisterin für Sie."

Tamara hielt es für klüger, sich den Ärger nicht mehr anmerken zu lassen.

„Weil ich ja das Schulkleid noch kaum abgelegt habe", erwiderte sie spöttisch. „Ich wäre wirklich glücklich, wenn mir jemand beibringen würde, wie man lebt."

Der Prinz wandte sich ihr zu und lächelte.

„Ungeküßt und wie allerhöchstens zwanzig – so sehen Sie aus", sagte er.

Tamara mußte daran denken, wie er sie auf den Nacken geküßt hatte, und schlug die Augen nieder.

Und so entging ihr der wilde, leidenschaftliche Ausdruck, der in seinem Blick brannte. Sie hörte lediglich seine tiefe, leicht belegte Stimme.

„Noch nie wirklich geküßt."

Zum Mittagessen erschien der Prinz nicht. Mit seinem Araberhengst war etwas nicht in Ordnung, man hatte ihm Bescheid gesagt, und er war mit besorgtem Gesicht nach unten gegangen.

Zum Tee kam er.

„Blinder Alarm", sagte er. „Diese Idioten da unten waren daran schuld, aber das habe ich sie büßen lassen." Er wandte sich an Stephen Strong. „In der dritten Klasse ist eine Truppe von Zigeunern aus Alexandrien. Da Madame den Wunsch geäußert haben", er bedachte Millicent mit einem ehrerbietigen

Lächeln, „habe ich ihnen befohlen, heute abend für uns aufzuspielen. Es sind ganz gewöhnliche, abgerissene Kreaturen, aber einer hat Gold in der Kehle, und ein zweiter tanzt wie der Teufel. Wir müssen doch schließlich die letzte Nacht dieser Damen feiern."

Bis zum Abendessen und während der ganzen Mahlzeit ließ der Prinz seinen ganzen Charme spielen. Um neben Mrs. Hardcastle sitzen zu können, tauschte er mit Stephen Strong den Platz, und diese war selig.

„Ein wirklich reizender junger Mann", sagte sie zu Tamara, als sie anschließend in deren Kabine kam. „So etwas von liebenswürdig! Henry würde wohl kaum erfreut sein, wenn er sehen könnte, wie sehr er sich bemüht."

„Erfreut?" wiederholte Tamara. „Rasend eifersüchtig würde er sein. Du solltest wirklich etwas vorsichtiger sein, Millicent."

Daß der Prinz bereits während des Essens zuviel Champagner getrunken hatte, ließ Tamara nicht als Entschuldigung für sein skandalöses Benehmen gelten, das er anschließend gezeigt hatte.

Und das war noch milde ausgedrückt.

Die Zigeuner waren geholt worden und waren relativ zahm gewesen, bis der Prinz für alle Champagner in unbegrenzter Menge hatte auffahren lassen. Und dann waren sie plötzlich wie besessen gewesen.

Sie hatten sich derart aufgeführt und mit so ordinären Bewegungen getanzt, daß Millicent erst wie versteinert auf ihrem Stuhl gesessen hatte, krebsrot im Gesicht, und dann abrupt aufgestanden war.

Aber das Schlimmste sollte erst noch kommen: Der Prinz war plötzlich in die Höhe gefahren, hatte sich ein Tamburin geschnappt, hatte einen wilden Schrei ausgestoßen und mit fanatischem Blick auf dieses kleine, trommelähnliche Instrument eingeschlagen.

Dem nicht genug. Nach einem Moment hatte er eine der Tänzerinnen an sich gerissen, hatte ihren wogenden Busen an sich gedrückt und sie plötzlich an einem Arm in die Höhe gestemmt und sich dabei wie ein Kreisel gedreht.

Die Zigeuner hatten gejohlt vor Begeisterung. Der Prinz hatte das Mädchen, das ihn mit eindeutigen Blicken angesehen hatte, wie einen Gegenstand wieder auf den Boden gestellt, hatte in die Taschen gegriffen und massenhaft Goldstücke unter die Zigeuner geworfen.

„Zurück in euer Loch, ihr Ratten!" hatte er geschrien und dabei gelacht. „Ihr habt die Damen verängstigt. Auspeitschen sollte man euch – alle miteinander!"

Tamara und Millicent hatten würdevollen Schrittes die grauenvolle Szene verlassen.

Alles war so scheußlich, so vulgär und melodramatisch gewesen.

Der Prinz und Stephen Strong schliefen noch, als sie am nächsten Morgen in Brindisi von Bord gingen.

Der Vorfall des vergangenen Abends wurde nicht mit einem Wort erwähnt.

„Tamara", sagte Millicent erst, als sie bereits im Zug saßen, „du erzählst doch hoffentlich Henry nichts davon. Und auch bei dir zu Hause nicht. Der Prinz ist ein faszinierender Mensch, aber dieses Tanzen! Ich hätte vor Scham im Boden versinken mögen!"

3.

Als Tamara in Underwood ankam und unter dem Stoß Post, der sie erwartete, einen Brief von ihrer russischen Patentante vorfand, hielt sie ihn für einen Wink des Schicksals.

Sie las den Brief. Er enthielt nicht nur die besten Wünsche für das neue Jahr, sondern auch eine Einladung nach Petersburg.

Tamara sprach nicht einmal mit ihrer Familie darüber, sondern beschloß plötzlich, den lang gehegten Wunsch endlich zu verwirklichen.

Irgend etwas zieht mich nach Rußland, dachte sie. Soll ich dieses Land etwa meiden, weil sich ein Russe danebenbenommen hat? Petersburg ist groß, und ich werde ihm wahrscheinlich nie begegnen.

Sie verkündete den Entschluß ihrer sprachlosen Familie und nahm eine knappe Woche später den Nordexpreß.

Der Hof, hatte ihre Patentante geschrieben, *befindet sich leider im Zustand der Trauer, also werde ich Dir keine pompösen Bälle bieten können, aber Du wirst Dich anderweitig bestens amüsieren können. Ich sehne mich so sehr danach, Dich endlich persönlich kennenzulernen.*

Mit jeder Meile, die unter den Rädern des Nordexpresses zermalmt zu werden schien, wuchsen Tamaras Spannung und Aufregung.

Die Schneemassen und die endlosen Wälder beeindruckten sie zutiefst. An der Grenze angekommen, fiel ihr vor allem die Stille auf. Die Menschen waren ernst und schwiegen. Sie wirkten wie Gestalten aus der Bibel.

Und dann kam sie schließlich in Petersburg an, und ihre Patentante wartete auf dem Bahnsteig. Sie erkannten sich sofort. Tamara besaß mehrere Fotos der Prinzessin Ardachew.

„Willkommen, mein Täubchen", sagte die alte Dame und küßte Tamara auf beide Wangen. „Endlich darf ich dich als Gast in meinem Haus haben."

Auf dem Weg dorthin sagten sie sich gegenseitig Nettigkeiten und betrachteten einander voll Scheu.

Sie ist hübsch, dachte die Prinzessin. Man spürt, daß sie aus gutem Haus stammt. Die Augen hat sie von ihrem Vater, aber sonst ist sie ganz die Mutter.

Auch Tamara bildete sich ihr erstes Urteil.

Eine fabelhaft aussehende Dame, meine Patentante, dachte sie. Die strahlenden, braunen Augen und das schlohweiße Haar und die Grübchen – wie ein Gemälde. Wo war bloß neulich von Grübchen die Rede?

„Zum Glück siehst du unsere Stadt in einem frischen Schneemantel", sagte die Prinzessin, während sie aus dem Fenster des Autos sah. „Leider ist Petersburg nicht immer so weiß wie heute."

Tamara kam sich vor wie in einem Traum. Die graziösen Schlitten wirkten im Gegensatz zu den dickeingepackten Männern auf dem Bock lächerlich klein.

Nach einer Fahrt von etwa zwanzig Minuten waren sie da. Tamara hatte nicht bemerkt, daß sie sich in einer besonders vornehmen Wohngegend befanden.

Als sie jedoch in die Halle kamen und zwei Diener die Pelze entgegennahmen und der Prinzessin die Stiefel auszogen, bemerkte Tamara, daß sie sich in einem sehr eleganten Haus befand.

Das Haus der Prinzessin Ardachew galt als vornehmstes und stattlichstes Haus von ganz Petersburg.

Als sie die breite Freitreppe hinaufgingen – sie teilte sich auf halber Höhe und führte in elegantem Schwung zu der Galerie, die rund um die Halle lief –, wurden sie von einem ernsten Majordomus und weiteren Dienern empfangen.

Sie öffneten eine Flügeltür, die in einen hellen Raum führte. Er war voll von Gemälden, Kunstgegenständen und antiken Möbelstücken.

Tee und allerlei Sorten Gebäck wurden gereicht.

Die Prinzessin, sehr direkt und unkompliziert in ihrer Art, erzählte Tamara, daß auch alle ihre Freunde hoch erfreut über den Besuch aus England seien und hofften, Tamara würde feststellen, daß Petersburg nicht die groteske Stadt sei, als die sie im Ausland so oft hingestellt würde.

„Wir sind so weit entfernt von allem", sagte die Prinzessin, „daß sie keiner so richtig einschätzen kann. Im Ausland hat man von einem Iwan dem Schrecklichen und einem Peter dem Großen gehört und zieht falsche Schlüsse daraus. Viele glauben, daß bei uns nachts in den Straßen die Wölfe heulen und die Gesellschaft von Nihilisten durchsetzt ist. Stimmt es nicht, Tamara?"

„Doch", gab diese zu. „Wir Engländer sind schon ein schrulliges Völkchen."

„Allerdings", erwiderte die Prinzessin und lachte. „Aber wie vielen liebenswerten Menschen bin ich in England begegnet! Deiner Mutter zum Beispiel, die du ja leider nicht gekannt hast, Tamara. Was für eine Frau! Ich habe sie sehr gern gemocht. Ehe du zur Welt gekommen bist, haben wir sehr ausgelassene Zeiten zusammen verbracht."

Sie hatten ihren Tee noch nicht zu Ende getrunken, als Gäste in den Salon geführt wurden: ein großer, alter General in einer eleganten Uniform und zwei Damen. Alle sprachen perfekt Englisch.

„Haben Sie Gritzko seit seiner Rückkehr schon gesehen, Vera?" fragte die ältere der beiden Damen im Laufe des Gesprächs. „Es heißt, daß er wieder einmal eine seiner wilden Touren hat. Sie wissen schon, draußen in Milaslaw. Mit dem üblichen . . ."

Der Rest wurde geflüstert.

Obwohl sich Tamara einzureden versuchte, daß es ein Dutzend Gritzkos in Petersburg geben mußte, war sie plötzlich nervös.

„Gesehen habe ich ihn noch nicht", entgegnete ihre Tante, „aber er kommt heute abend zurück. Ich gebe nie etwas auf diese Gerüchte. Außerdem endet es ja immer damit, daß wir ihm alles verzeihen, sobald er uns mit seinem Charme überschüttet."

Die Dame schien derselben Meinung zu sein, denn sie lachte und sprach von anderen Dingen. Die Gäste verabschiedeten sich bald wieder.

„Heute abend kommen ein paar meiner liebsten Freunde zum Diner", sagte die Prinzessin, als sie mit Tamara wieder allein war. „Ich möchte, daß du sie kennenlernst. Wenn du dich jetzt ein wenig hinlegst, bist du bestimmt nicht zu müde für eine kleine Abendgesellschaft."

Die kleine Abendgesellschaft, insgesamt zwölf Gäste, war bereits vollständig versammelt, als Tamara in einen der großen Salons kam.

Sie wurde vorgestellt. Als erstes fiel ihr auf, daß alle Damen, ob jung oder alt, schlank oder mollig, ein und dieselbe Frisur trugen: Die Haare waren streng aus der Stirn gekämmt, was allen ein sehr vornehmes Äußeres verlieh, aber nicht in jedem Fall vorteilhaft war. Auch waren alle Damen schwarz gekleidet, und der Abend war noch lange nicht beendet, als Tamara bereits das Gefühl hatte, nie charmanteren Damen begegnet zu sein.

Beim Diner saß Tamara zwischen einem großen, älteren Prinzen und einem Diplomaten. Der Kaffee wurde anschließend im Blauen Salon gereicht. Danach begaben sich die meisten in den Nebenraum und spielten Bridge, während Tamara mit ihrer Tante und noch einer Dame vor dem Kamin saß und sich unterhielt.

Und plötzlich ging die Tür auf, und Prinz Milaslawski kam herein.

„Tantchen!" rief er mit selbstsicherer und völlig unbekümmerter Stimme und küßte der Prinzessin die Hand. „Mit einem Täßchen Kaffee könnten Sie mich glücklich machen."

„Gritzko – wieder da?" rief alles, und Prinzessin Vera reichte ihm Kaffee und hieß ihn herzlich willkommen.

„Diese alte Ziege von einer Marianne Mariuski hat wieder einmal die infamsten Lügengeschichten verbreitet", erklärte der Prinz lachend. „Angeblich soll ich in Milaslaw mit einem ganzen Harem von ägyptischen Hürchen Orgien gefeiert haben, dabei habe ich doch lediglich ein paar Zigeunerinnen aus Alexandrien und zwei Tanzbären mit zurückgebracht."

„Sie sind unverbesserlich, Gritzko!" sagte die Prinzessin Schebanow, und alle anderen lachten.

„Tantchen", sagte der Prinz. „Sie haben mich der jungen Dame noch nicht vorgestellt, die aus England zu kommen scheint."

Tamara saß stocksteif da und schwieg. Sie ärgerte sich, daß der Auftritt dieses Mannes so wichtig genommen wurde.

Und erst recht ärgerte sie sich, weil sie plötzlich nervös und unsicher war.

Prinzessin Vera stellte vor, der Prinz setzte sich neben sie und machte wie mit einer wildfremden Person höflich Konversation.

Ob sie eben erst angekommen sei. Ob sie es in Rußland sehr kalt fände. Ob sie länger zu bleiben gedenke. Und so weiter und so fort.

Tamara beantwortete die Fragen knapp und in kühlem Ton, doch ihre Wangen glühten.

Der Prinz gab sich diesmal völlig anders. Kein Spott, keine unerwarteten Bemerkungen, der perfekte ernsthafte junge Mann mit guter Erziehung.

Er und die Prinzessin Ardachew waren nicht blutsverwandt. Die erste Frau ihres verstorbenen Mannes war die Schwester seiner Mutter gewesen, aber Prinzessin Vera liebte ihn wie einen Sohn.

„Wie hat dir Gritzko Milaslawski gefallen, Tamara?" fragte sie, als sich die Gäste verabschiedet hatten und sie noch einen Moment in Tamaras Zimmer saßen. „Wenn man ihn kennt, ist er einer der liebenswertesten Menschen, er kann aber auch sehr mühsam sein."

„Ich fand ihn recht nett", entgegnete Tamara.

„Mit dem Durchschnittsrussen ist er nicht zu vergleichen", fuhr die Prinzessin fort. „Er ist schließlich auch schon in der ganzen Welt herumgekommen."

„Tatsächlich?" sagte Tamara.

„Ich hoffe, die Zigeunerinnen aus Alexandrien haben dich nicht schockiert, mein Kind. Wenn es überhaupt stimmt, dann handelt es sich wahrscheinlich um irgendwelche Leute, die am Verhungern waren und denen Gritzko in seiner Gutherzigkeit geholfen hat."

Das bezweifle ich, dachte Tamara, als die Prinzessin sie auf beide Wangen küßte und sich zurückzog.

Am Tag darauf, es war der 12. Januar und damit der letzte Tag im alten russischen Jahr, saß die Prinzessin bereits an ihrem Sekretär und erledigte Post, als Tamara gegen zehn Uhr morgens in den kleinen Salon kam.

„Guten Morgen, mein Kind", begrüßte die Prinzessin sie und lächelte. „Du siehst, ich bin zu einer Zeit, wo die meisten Damen von Petersburg noch nicht einmal im Bad sind, schon auf und arbeite. Während des Winters, wenn es kalt und dunkel ist, gehen wir hier spät zu Bett. Du wirst dich daran gewöhnen müssen, daß du nicht vor zwei Uhr morgens zum Schlafen kommst, aber du kannst ja morgens lange liegenbleiben. Heute nacht wird es allerdings vier Uhr werden, fürchte ich. Prinz Milaslawski hat nämlich schon angerufen. Er gibt eine Party in seinem Haus an der Fontonka. Erst findet dort ein Diner statt, und dann geht alles in ein Café mit Zigeunermusik. Die Zigeuner sind die Attraktion dieses Cafés, und dort wird in das neue Jahr hineingefeiert."

Sie hob den Hörer des Apparats ab, der auf ihrem Sekretär stand, und wählte eine Nummer.

„Bist du's, Gritzko?" fragte sie. „Ja, sie ist inzwischen wach und steht neben mir. Alles klar . . . Um neun Uhr, sagtest du? Gut. Und bitte versprich, daß du dich anständig benimmst. Ich sage dir doch, daß sie neben mir steht, also bitte, sei etwas diskreter." Sie sah mit einem Lächeln zu Tamara auf. „Nein, ich denke nicht daran, russisch zu sprechen, das wäre sehr unhöflich. Auch nur eine unpassende Bemerkung während des Diners, und wir kommen nicht mit in das Café . . . Doch, es ist mein heiliger Ernst. Also dann, adieu."

Lachend legte die Prinzessin den Hörer auf.

„Er sagt, er ist überzeugt davon, daß du die Welt verstehst und nicht so schnell zu schockieren bist", erklärte sie. „Wir werden uns heute abend amüsieren und ihn in seine Schranken weisen, wenn er zu ausgelassen wird."

„Ist er das denn oft?" fragte Tamara.

Die Prinzessin stand auf, ging zum Fenster und blickte in das dichte Schneetreiben hinaus.

„Ja, schon", antwortete sie. „Aber nie zum falschen Zeitpunkt. Gritzko ist ein Gentleman, das kann ihm keiner absprechen. Allerdings wünsche ich mir manchmal, er würde das Leben etwas ernster nehmen. Man macht sich schließlich Gedanken, wie das einmal enden soll."

„Hat er denn keine Familie?" fragte Tamara.

„Nein, nicht einen Menschen. Sie sind alle tot. Seine Mutter hat ihn glühend geliebt, aber sie starb, als er knapp achtzehn war. Sein Vater war damals schon tot. Die Erinnerung an seine Mutter ist das Heiligste für ihn. In seinem Haus an der Fontonka – und dort geht es manchmal hoch her – gibt es eine Flucht von Zimmern, die niemand betreten darf. Es stehen immer frische Blumen da, und in einem Raum hängt eine Ewige Lampe. Gritzko besitzt einen merkwürdigen Anflug von Melancholie und Religiosität. Manchmal sieht man ihn wochenlang nicht. Dann hält er sich in seinem Schloß im Kaukasus auf, oder er ist draußen in Milaslaw und will keinen Menschen sehen – meiner Meinung nach, weil er zeitweilig sehr unglücklich ist. Man muß ihn so nehmen, wie er ist, beziehungsweise ihn in Ruhe lassen, wenn ihm danach ist."

Tamara hatte es aufgegeben, gegen ihr Interesse an Prinz Milaslawski anzukämpfen. Inzwischen allerdings redete sie sich ein, sie interessiere sich lediglich deshalb für ihn, weil er Russe war und einen reichlich exzentrischen Charakter hatte.

Zum Mittagessen kamen wieder Gäste. Die Prinzessin schien selten allein zu sein.

„Ich habe es gern, wenn mein Haus voll ist", erklärte sie Tamara, die sich die schwierigen Namen nur schwer merken konnte.

Zum Glück nannten sich alle beim Vornamen, und nach dem Mittagessen wußte sie wenigstens, daß Olga die Gräfin Glabow war und Sonja die Prinzessin Solentzew-Zasiekin. Beide waren unter dreißig, attraktiv und völlig ungeniert.

Als sie am Abend zu Prinz Milaslawskis Diner fuhren, war Tamara aufgeregt und voll Spannung. In ihren Augen lag ein erwartungsvolles Leuchten.

Das Haus des Prinzen zählte zu den ältesten von ganz Petersburg, und alles interessierte Tamara. Die seltsamen Diener in Kosakenlivree, die großartige Treppe aus Stein und Marmor und die Salons im ersten Stock.

Die Gäste waren bereits vollzählig versammelt. Lediglich der Gastgeber fehlte.

Eine Frechheit, dachte Tamara, schien jedoch die einzige zu sein, die daran Anstoß nahm.

„Ich möchte wetten", sagte Olga Glabow lachend, „daß er sich nicht einmal entschuldigt und keiner erfährt, wo er gewesen ist."

Sie sprach noch, als er hereinkam.

„Oh!" rief er. „Sie sind aber alle früh dran. Oder sollte etwa ich leicht verspätet sein?"

Er lachte und schüttelte seinen Gästen die Hand.

Die Türen zum Speisezimmer gingen auf, und man ging zwanglos hinein.

Die Mahlzeit verlief ohne jegliche Zeremonie. Alles war fröhlich und aß mit herzhaftem Appetit.

„Sie müssen einen Schluck Wodka probieren, Madame“, sagte der Prinz zu Tamara und goß ihr ein. „Er wird Ihnen nicht schmecken, aber er gehört nun einmal dazu, und mit der Zeit lernen Sie auch das. Sehen Sie, ich nehme auch einen und trinke ihn auf Ihr Wohl.“

Tamara beugte den Kopf, nippte, fand das Getränk abscheulich und mußte an Äther denken.

Tamara saß rechts von Prinz Milaslawski, die Prinzessin Sonja zu seiner Linken.

An diesem Abend trug der Prinz einen braunen Rock mit schwarzer Hose und sah besser denn je aus. In den graublauen Augen tauchte immer wieder jener herausfordernde Blick auf, der Tamara so reizte.

„Jetzt erzähl doch einmal, was du in Ägypten getrieben hast, Gritzko“, forderte Prinzessin Sonja den Prinzen während des Essens auf.

„Ich habe Mumien betrachtct und mich in dic Sphinx verliebt“, antwortete dieser. „Und ganz am Ende meiner Reise habe ich etwas sehr Interessantes erlebt. Ich bin einem Wesen begegnet, das auf den ersten Blick wie eine Frau ausgesehen, sich dann aber als Mumie erwiesen hat und schließlich zu einem Eisblock erstarrt ist.“

„Gritzko!“ rief alles wie aus einem Hals. „Was du aber auch immer für Geschichten erfindest!“

„Ich schwörc, cs ist dic rcinc Wahrheit, nicht wahr, Madame?“

Er sah Tamara mit spöttischem Blick an und lächelte entwaffnend.

„Madame hat mir erzählt, daß sie Ägypten kennt“, setzte er hinzu. „Sie wird bestätigen können, daß ich nicht lüge.“

Tamara beherrschte sich.

„Ich nehme an", entgegnete sie, „daß Sie so in den Bann der Sphinx geraten sind, Prinz, daß Sie das Echte nicht mehr vom Falschen trennen konnten. Mir sind keine Frauen begegnet, die sich erst in Mumien und dann in Eisblöcke verwandelt haben."

Jemand lenkte die Aufmerksamkeit Prinzessin Sonjas auf sich, und Prinz Milaslawski nutzte den Moment.

„Man kann Eis schmelzen", flüsterte er Tamara zu.

„Um dann auf eine Mumie zu stoßen?" entgegnete Tamara mit Unschuldsmiene. „Das wäre lediglich die Umkehrung des Prozesses."

„Der dazu führen könnte, daß man endlich eine Frau in den Armen hält", setzte der Prinz hinzu.

Tamara drehte ihm den Rücken zu und hatte für den Rest der Mahlzeit nur noch Augen und Ohren für ihren zweiten Tischherrn.

Nachdem in einem Salon Kaffee gereicht worden war, fanden sich die Paare wieder zum Bridge zusammen. Lediglich der Prinz, Tamara und eine Dame spielten nicht.

„Doch, ich spiele schon Bridge", hatte sie geantwortet, als man sie danach gefragt hatte. „Aber leider miserabel. Soll ich nicht lieber zusehen?"

Die Dame, die außer Tamara noch ohne Partner geblieben war, dachte nicht daran, sich mit Zusehen zu begnügen. Sie wartete begierig darauf, für jemanden einspringen zu können. Und so blieben der Prinz und sein englischer Gast allein im Salon zurück.

„Ich wollte nicht, daß Sie auch im Kartenzimmer verschwinden", sagte er. „Ich wußte, daß Sie nicht Bridge spielen, und deshalb habe ich es so arrangiert."

„Woher wissen Sie, daß ich nicht Bridge spiele?"

fragte Tamara. „Bin ich Ihrer Meinung nach zu dumm dafür?“

„Ja, zu dumm und zu reizend.“

„Ich bin weder dumm noch reizend!“

„Vielleicht, aber auf mich wirken Sie so. Jetzt seien Sie bitte nicht gleich wieder verärgert, das macht unsere Bekanntschaft so mühsam, und ich kann mich Ihnen doch nicht immer wieder von neuem vorstellen lassen.“

Jetzt mußte Tamara lachen.

„Im Grunde ist das wirklich alles sehr komisch“, stimmte sie zu.

„Und wie geht es der geschätzten Mrs. Hardcastle?“ fragte der Prinz. „Bei diesem Thema riskiere ich wenigstens nicht, daß Sie mich in den Kamin schubsen wollen.“

„Da wäre ich mir an Ihrer Stelle nicht so sicher“, erwiderte Tamara. Sie konnte sich seinem Charme nicht entziehen und wollte nicht länger mit ihm streiten. „Wenn Sie sich über meine Freundin Millicent lustig machen, werde ich verärgert sein.“

„Ich mich über Ihre Freundin Millicent lustig machen? Der Gedanke liegt mir fern. Habe ich nicht gesagt, daß ich eine Frau wie sie sofort heiraten würde? Ein größeres Kompliment kann man doch wirklich nicht machen.“ Der Prinz stand auf und zündete sich eine Zigarette an. „Sie rauchen?“ fragte er. „Natürlich auch nicht. Alles, wie es sich gehört.“

„So ein Unsinn!“ widersprach Tamara gereizt. „Ich habe es ein paarmal versucht. Mit meinem Bruder Tom. Jedesmal ist es mir dabei schlecht geworden – das ist der Grund.“

„Ich mache Ihnen ja gar keinen Vorwurf“, sagte der Prinz lachend. „Im Gegenteil. Ich freue mich, daß Sie so hübsche gesunde Zähne haben.“

Tamara hätte ihn am liebsten geohrfeigt. Diese überlegene, gleichgültige Art trieb sie zum Wahnsinn. Er tat so, als könne er sich einfach alles leisten.

„Wie lange ist es her, seit wir in Kairo zusammen getanzt haben?“ fragte er dann. „Sie bewegen sich graziös, aber vom Tanzen haben Sie keine Ahnung.“

Tamara biß die Zähne zusammen und schwieg.

„Ich bin gespannt, wie Sie auf die Musik reagieren, die wir später hören. Ob sie wohl die wäßrige Flüssigkeit, die Sie statt Blut in den Adern haben, zum Wallen bringt? Ich bin wirklich gespannt darauf.“

„Wenn Sie glauben, daß Sie sich auch über mich lustig machen können, dann täuschen Sie sich, Prinz“, entgegnete Tamara von oben herab. „Ihr Benehmen mißfällt mir. Und falls in meinen Adern statt Blut eine wäßrige Flüssigkeit fließt, so ist das meine Angelegenheit.“

„Sie haben mich schon einmal herausgefordert, Madame“, sagte der Prinz und lächelte aufreizend. „Halten Sie es für klug, es ein zweites Mal zu tun?“

„Es ist mir egal, ob das klug ist oder nicht“, zischte Tamara. „Ich hasse Sie!“

Seine Augen sprühten Feuer.

„Das ist allerdings eine Herausforderung“, sagte er mit leiser, eindringlicher Stimme. „Und jetzt hören Sie mir gut zu. Es wird nicht mehr lange dauern, dann werden Sie mich lieben. Dieser arrogante kleine Kopf wird hier an meiner Brust liegen, und ich werde Ihre Lippen küssen, bis Sie glauben, ersticken zu müssen.“

Zum zweitenmal in ihrem Leben wurde Tamara leichenblaß.

„Verzeihen Sie, Madame“, sagte der Prinz sofort. „Ich bin ein ungehobelter Kerl. Das war nur ein Spaß.“

Tamara stand auf und ging in das Kartenzimmer. Sie zitterte vor Wut.

Der Prinz folgte ihr und holte sie in den Salon zurück. Einen Moment später saß sie bereits wieder neben ihm, und er erzählte in angenehmem Plauderton von den Sehenswürdigkeiten der Stadt, von den Museen, Bildergalerien und Waffensammlungen.

Sein Benehmen war einwandfrei.

Gräfin Olga beobachtete ihn vom Kartenzimmer aus.

Entweder, dachte sie, macht er der Engländerin den Hof, oder er langweilt sich maßlos.

4.

Um Viertel vor zwölf wurden die Karten weggelegt, und die Diener brachten Gläser und Champagner. Die Gäste bildeten einen Kreis, faßten sich an den Händen, wünschten sich ein gutes neues Jahr und stießen miteinander an.

Tamara sorgte dafür, neben ihrer Patentante zu stehen, doch der Prinz sah sie an, als er sein Glas hob.

Anschließend gingen alle in die Halle hinunter, schlüpften in die Pelzmäntel und machten sich auf den Weg zu dem Café, in dem die Zigeuner spielten.

Tamara und die Prinzessin saßen bereits im Wagen, als Prinz Milaslawski angelaufen kam.

„Tantchen!“ rief er. „Nehmen Sie mich bitte mit. Serge und Valonne haben mein Auto genommen. Wenn ich mich dünn mache, habe ich neben Ihnen beiden leicht Platz.“

Und damit stieg er auch schon ein.

Sie mußten eng zusammenrücken, und trotz ihrer

erneuten Wut auf den Prinzen entwickelte Tamara Gefühle, die irritierend und ihr völlig fremd waren. Sie kam gegen die Anziehungskraft dieses Mannes einfach nicht an.

Irgendwann beugte er sich noch näher zu ihr herüber und flüsterte ihr etwas ins Ohr. Es war eine völlig nebensächliche Bemerkung, aber wie rein zufällig streiften seine Lippen ihre Wange.

Tamara konnte ein Zittern kaum unterdrücken. Ein nie gekanntes, wohliges Gefühl durchlief ihren ganzen Körper.

Warum ließ er sie nicht in Ruhe? Warum dieses abnorme Benehmen und immer dann, wenn sie nichts dagegen unternehmen konnte?

Eines stand fest: Falls sie eine Weile in Rußland blieb, mußte sie sich Klarheit verschaffen und dafür Sorge tragen, daß er derlei Avancen unterließ. Sie waren beleidigend.

Sie zog sich in ihre Ecke zurück und schwieg.

„Sind Sie schon wieder verärgert?“ flüsterte er ihr zu. „Das Rütteln dieses verflixten Autos ist daran schuld. Verzeihen Sie, ich werde versuchen, nicht mehr zu sündigen.“

Das war die nächste Beleidigung!

„Ich habe nichts bemerkt, Prinz“, entgegnete Tamara kühl. „Ihre Entschuldigung scheint aus einem schlechten Gewissen zu kommen.“

„Dann ist es ja gut“, sagte er und lachte.

In dem Moment schaltete sich die Prinzessin in die Unterhaltung ein.

„Gritzko, du mußt Mrs. Loraine erklären, wer diese Zigeuner sind“, sagte sie. „Wenn man das nicht weiß, versteht man sie vielleicht nicht.“

Der Prinz wandte sich sofort an Tamara. „Sie leben in einer Art Clan“, sagte er, „und singen und spielen wie die Teufel. Entweder man liebt ihre Musik, oder man haßt sie. Zwischendrin gibt es nichts. Auf alle Fälle geht sie einem unter die Haut. Wenn übrigens ein Mann eines von den Mädchen haben will, dann muß er dem Oberhaupt des Clans Geld geben, nicht dem Mädchen selbst. Sie sind ihrem Clan treu und lassen sich nicht durch Geld weglokken. Wenn ein Mann sie aber eifersüchtig macht, rennen sie ihm ein Messer in den Rücken."

„Das klingt ja alles recht aufregend", sagte Tamara.

„Ist es auch", entgegnete der Prinz. „Wenn man ein besonders sensibles Ohr hat, würde man bei der Musik am liebsten schreien. *Mich* treibt sie zum Wahnsinn."

„Gritzko", flüsterte ihm die Prinzessin zu. „Du hast versprochen, dich anständig zu benehmen. Bitte halte dich an dein Versprechen. Wenn du zu weit gehst, bekomme ich es manchmal richtig mit der Angst zu tun."

„Tantchen", erwiderte der Prinz und küßte ihr die Hand. „Ihr Wunsch ist mir Befehl."

„Ich wollte, es wäre so", sagte Prinzessin Vera und stieß einen Seufzer aus.

„Keine Angst." Der Prinz lachte plötzlich. „Diese Nacht wird den elftausend Jungfrauen würdig sein. Oder vielmehr einer vornehmen Engländerin – was auf dasselbe hinausläuft."

Sie hatten die Newa überquert und hielten kurz darauf vor einem finster aussehenden Haus. Sie kamen in ein schmuddeliges Vestibül und gingen ewig lange, ebenso schmuddelige Gänge entlang, bis Tamara schließlich zwischen Graf Glabow und dem französischen Botschaftssekretär Graf Valonne auf einem Sofa saß.

Als sich alles eingefunden hatte, gab der Prinz ein Zeichen, und an die fünfundzwanzig höchst unattraktive Frauen in höchst unattraktiven Kleidern kamen herein und setzten sich auf die Stühle, die für sie bereitgestellt worden waren.

Sie trugen keine Tracht, sondern ganz einfache, ziemlich abgerissene Straßenkleider. Einige waren schon alt und grauhaarig.

Etwa zehn dunkelhaarige, dunkelhäutige Männer mit buschigen Augenbrauen folgten ihnen. Jeder hatte eine Gitarre bei sich.

Das war also die berühmte Zigeunertruppe! Tamara war bitter enttäuscht.

Als sie jedoch zu singen begannen, spürte sie sofort, daß ihre Musik trotz der Unruhe, die in ihr schwang, etwas ganz Besonderes vermittelte.

Sie war wild und voll von metallischen Klängen, von unerwarteten Harmonien und aufreizenden Akkorden. Sie feuerte die Sinne an, mochten die Frauen auch noch so häßlich sein.

Sie saßen mit völlig unbewegten Gesichtern da, ihre Hände lagen wie fremde Gegenstände auf ihren Röcken. Sie sangen leidenschaftliche Liebeslieder, und das ohne jegliche Mimik.

Es war ein absolut grotesker Anblick.

Aber die Faszination dieser Szene wuchs und wuchs. Jedes dieser häßlichen Gesichter grub sich in Tamaras Gedächtnis ein, und noch lange nach dieser Nacht sah sie diese Gesichter im Traum.

Wie wenig sie von der Kraft der Musik wußte! Und wie wenig von den Strömungen, welche die Welt und das Leben der Menschen beeinflußten.

Die Musik dieser Zigeuner war des Teufels, und der wilde Blick in den Augen des Prinzen erstaunte sie nicht. Selbst sie, die streng konventionell Erzogene, die immer disziplinierte Engländerin, spürte, wie ihr Pulsschlag schneller wurde.

Irgendwann fingen zwei der jüngeren Zigeunerinnen zu tanzen an. Nicht mit den aufreizenden Bewegungen, die Mrs. Hardcastle und Tamara damals veranlaßt hatten, sich schockiert zurückzuziehen, sondern mit einem merkwürdigen Zucken der Schultern, das an das Schlagen von Flügeln erinnerte.

Gegen drei Uhr morgens machte die Truppe eine Pause und verließ den Raum.

Die Luft war stickig, und dicke Tabakwolken hingen unter der Decke. Jemand setzte sich an ein Klavier und spielte, und alle fingen zu tanzen an.

Ehe Tamara richtig reagieren konnte, lag sie in den Armen des Prinzen und tanzte eine wilde Masurka. Sie kannte die Schritte nicht, aber der Prinz führte so gut, daß alles wie von selbst ging.

Während des ganzen Tanzes flüsterte er ihr Dinge zu, von denen sie kein Wort verstand, weil er in seine Muttersprache verfallen war.

„Douschka", sagte er schließlich. „Endlich sind Sie zu sich gekommen, und in Ihren hübschen blauen Adern fließt doch echtes Blut. Sehr gut! Ich werde Ihnen beibringen, was leben heißt."

Und Tamara war nicht verärgert. Sie war von einer grundlosen Freude befallen.

Der Klavierspieler wurde von einem anderen abgelöst, aber der Bann war leider gebrochen, und Tamara besann sich wieder auf sich selbst.

„Ich bin müde", sagte sie, als der Prinz weitertanzen wollte. „Außerdem sehne ich mich nach frischer Luft."

Er öffnete ein Fenster und ließ sie einen Moment in Frieden.

Sie tanzte mit dem nächstbesten Mann, der sie aufforderte, wechselte nach jedem Tanz den Partner und sorgte dafür, daß der Prinz nur ab und zu die Gelegenheit hatte, sie wieder in den Arm zu nehmen. Jedesmal jedoch stahl sich das aufregende und gleichzeitig wohlige Gefühl zurück.

„Ich hoffe, du amüsierst dich, mein Kind", sagte ihre Patentante irgendwann. „Das ist ein typisch russisches Fest, wie du es in keinem anderen Land findest."

Und Tamara war tatsächlich glücklich und amüsierte sich blendend.

Als die Zigeuner zurückkamen, wurde ihre Musik noch wilder. Sie ging Tamara durch und durch.

Zu sehr später Stunde saß sie wieder neben dem Prinzen auf dem Sofa, und dieser beugte sich immer wieder nach vorn, um eine Nuß zu nehmen oder sich eine Zigarette anzuzünden, wobei er sie jedesmal wie zufällig berührte. Und jedesmal wich Tamara zurück und drückte sich steif in die Ecke, doch ohne Erfolg.

Es war schon nach fünf Uhr morgens, als alles vorüber war, man die Pelze anzog und sich eine gute Nacht wünschte.

„Tantchen", sagte der Prinz, „schicken Sie doch den Wagen leer zurück. Ich habe meine Troika kommen lassen. Sie steht draußen. Ich finde, wir sollten Madame in den Genuß einer Schlittenfahrt kommen lassen."

Die Prinzessin war sofort einverstanden.

Es war wie in einem Märchen! Sie schienen über den Schnee zu fliegen. In ihre dicken Pelze eingehüllt, spürten sie die Kälte nicht.

Unterwegs hielten sie an und sahen über den Finnischen Meerbusen hinweg. Am Himmel standen Tausende von Sternen und der Mond.

Tamara war im siebten Himmel.

Sechs Tage vergingen, ehe Tamara den Prinzen wiedersah. Ob er zu tun hatte oder sie absichtlich mied, wußte sie nicht, aber jedesmal, wenn sie an ihn dachte, ging ihr Puls schneller.

„Ich finde, du solltest dabeisein, wenn der Zar am sechsten Januar unseres Kalenders in Zarskoje Selo das Wasser weiht", sagte ihre Patentante ein oder zwei Tage nach dem Fest mit den Zigeunern. „Ich habe es so oft miterlebt und möchte nicht in der Kälte stehen, aber Sonjas Mann gehört zum Gefolge, und sie wohnen, wie du weißt, in Zarskoi. Olga fährt raus und nimmt dich mit."

Tamara war natürlich einverstanden gewesen.

Die Fahrt mit dem Zug dauerte lediglich eine halbe Stunde. Zarskoje Selo kam Tamara mit seinen Holzhäusern wie ein Ferienort vor, auf den zufällig dichter Schnee gefallen war.

Sie und Gräfin Olga fuhren zu Prinzessin Sonjas Haus und von dort aus zum Palast.

Der Himmel war grau, und schon bald fiel dichter Schnee. Vor diesem Hintergrund wirkten die scharlachroten Uniformen des Gefolges noch leuchtender.

Plötzlich sah Tamara den Prinzen. Er sprach gerade mit einigen Offizieren und hatte sie offensichtlich noch nicht bemerkt.

Daß allein schon bei seinem Anblick ihr Herz schneller schlug, ärgerte sie.

Die Zeremonie interessierte sie kaum mehr. Sie hatte nur noch Augen für eine einzige Gestalt.

Als durch ein Zeichen bekanntgegeben wurde,

daß der Zar den Palast verlassen hatte, nahmen alle die Kopfbedeckung ab.

Die Offiziere standen still, und Tamara beobachtete das Gesicht des Prinzen. Es war ernst und bewegungslos wie das einer Statue. Im Dienst war er offensichtlich ein anderer Mensch als der, den sie bei dem Zigeunerfest gesehen hatte.

Als der Zar vorbeischritt, lag ein Ausdruck tiefer Verehrung auf dem Gesicht des Prinzen. Die Treue zu seinem Herrscher schien ihm oberstes Gebot zu sein.

Als der letzte Mann der kleinen Prozession um die Ecke der kleinen Kirche verschwunden war, kam das Kommando „Rührt euch!“, und der Prinz sah zu den Damen hinüber und lächelte.

„Sonja, ich komme nach dem Mittagessen auf einen Kaffee“, rief er.

„Frieren sie denn nicht?“ fragte Tamara. „Die Kosaken haben fast kahlgeschorene Köpfe, und ihre Mäntel sind auch nicht besonders dick.“

„Sie sind abgehärtet“, erklärte Gräfin Olga. „Abgesehen davon ist es heute nicht besonders kalt. Sonst hätten sie Pelzmäntel an. Sehen sie nicht phantastisch aus? Ich liebe diese scharlachroten Uniformen. Sie trugen sie nur zu besonderen Gelegenheiten. Ich freue mich, daß Sie Gritzko in seiner sehen.“

Tamara verschwieg, daß sie den Prinzen bereits einmal in der Staatsuniform gesehen hatte. Ihre neuen Freunde wußten nicht, daß sie ihn bereits in Ägypten kennengelernt hatte.

Sie saßen nach dem Essen kaum in dem gemütlichen Salon in Prinzessin Sonjas Haus und tranken Kaffee, als der Prinz hereinkam.

Er war in Begleitung eines kleinen Jungen von etwa acht Jahren. Auf den Armen trug er ein schmächtiges kleines Mädchen, das Krücken in den mageren Händchen hielt.

„Wir sind uns in der Halle begegnet, meine kleine Freundin Marie und ich", sagte der Prinz und küßte erst Prinzessin Sonja die Hand, dann den anderen beiden Damen.

„Das sind meine Kinder, Mrs. Loraine", erklärte Prinzessin Sonja. „Ich hatte ihnen erlaubt, nach dem Essen zu kommen. Sie wollten unbedingt die Lady aus England kennenlernen, aber jetzt, wo Gritzko da ist, ist er natürlich die Hauptperson."

Der kleine Junge kam auf Tamara zu und küßte ihr die Hand.

„Sie sind die Lady aus England", sagte er ohne den leisesten Akzent. „Haben Sie auch einen Jungen?"

„Nein, leider nicht", antwortete Tamara. „Auch kein Mädchen. Ich bedaure das sehr."

„Marie muß immer ihren Kopf durchsetzen", erklärte der kleine Junge, „aber wenn Gritzko da ist, da ist sie immer ganz zahm und lieb."

„Wie phantastisch du Englisch sprichst", lobte Tamara. „Und das in deinem Alter. Ich nehme an, außer Russisch sprichst du auch noch Französisch."

„Natürlich, selbstverständlich", entgegnete der Junge. „Aber mit Deutsch habe ich Schwierigkeiten. Wir haben eine deutsche Gouvernante. Ich kann sie aber nicht leiden. Sie hat falsche Zähne."

„Ja, so etwas!" sagte Tamara und lachte.

„Wenn Gritzko da ist, dann ärgert er sie immer", erzählte der Junge voll Freude. „Letzte Woche hat er sie so in Rage gebracht, daß ihr vor lauter Schimpfen die unteren herausgefallen sind. Da haben wir vielleicht gelacht!"

Jetzt schaltete sich Prinzessin Sonja ein.

„Was erzählst du da, Peter?“ fragte sie. „Das arme Fräulein! Gritzko darf nicht mehr zu euch raufkommen, wenn ihr dann so ungezogen seid.“

„Nein, Mama!“ rief das kleine verkrüppelte Mädchen und schmiegte sich an den Prinzen. „Du darfst es ihm nicht verbieten. Ich liebe ihn!“

„Sehen Sie, Madame“, sagte der Prinz lachend. „Sie dürfen es mir nicht verbieten.“

Jetzt hängte sich auch Peter an den Prinzen, und schon nach einem Moment quietschten die beiden Kinder vor Vergnügen, denn der Prinz erzählte ihnen irgendein Märchen.

„Er ist so reizend mit den Kindern“, sagte Prinzessin Sonja zu Tamara. „Sie beten ihn an. Sie können sich nicht vorstellen, Tamara, wie rührend er im vergangenen Jahr zu Marie war, als das Kind den schrecklichen Unfall hatte.“ Sie schüttelte seufzend den Kopf. „Wir hoffen natürlich, daß Marie eines Tages wieder gehen kann, deshalb versuche ich, nicht zu deprimiert zu sein, aber es ist mir schon ein sehr großer Kummer.“

Tamara war voll Mitleid. Prinzessin Sonja war eine so liebenswerte und charmante Dame.

Als Gräfin Olga und sie am frühen Nachmittag aufbrachen, begleitete der Prinz die beiden Damen. Er müsse zurück nach Petersburg, erklärte er, und wolle denselben Zug nehmen.

Dort angekommen, warteten der Wagen von Prinzessin Vera und Gräfin Glabows Schlitten vor dem Bahnhof.

Tamara verabschiedete sich von Olga.

„Vielen Dank, daß Sie mich mitgenommen haben, und bis bald, hoffe ich“, sagte sie.

Der Prinz half Tamara beim Einsteigen und bat sie, ihn unterwegs abzusetzen.

Die Unterhaltung während der Fahrt war recht einsilbig. Tamara stellte ein paar belanglose Fragen, und Prinz Milaslawski antwortete in kurzen, trockenen Worten.

„Ich vermute, Sie nehmen an dem Bridgeturnier bei den Varischkins teil", sagte er plötzlich völlig unvermittelt. „Das müßte doch genau das sein, was Ihnen Spaß macht."

„Wieso sollte mir das Spaß machen?" fragte Tamara. „Ich hasse Bridge."

„Ach ja, das hatte ich vergessen. Ich hasse Bridge ebenfalls, aber Tantchen wird Sie trotzdem hinschleppen. Falls sich mir nichts Amüsanteres bietet, komme ich einen Abend vorbei. Puh!" Er streckte sich und spreizte die Finger. „Ich habe mich die letzten vierzehn Tage fabelhaft benommen. Es wird langsam Zeit, daß sich das wieder einmal ändert."

„Und wie äußert sich das dann?" fragte Tamara.

„Ganz einfach. Dieser ganze zivilisierte Kram wird abgelegt, und ich tue, wonach mir der Sinn steht."

Er setzte ein spöttisches Lächeln auf, das jedoch über den seltsamen, ruhelosen Ausdruck in seinen Augen nicht hinwegtäuschen konnte.

„Ich breche immer aus, wenn die Dinge mich nachdenklich stimmen", fügte er hinzu.

„Und was stimmt Sie nachdenklich?" fragte Tamara.

„Das ist nicht weiter von Bedeutung, mein Engelchen. Adieu."

Damit küßte er ihr die Hand und stieg aus dem Wagen, denn sie waren vor seinem Haus angekommen.

Und Tamara fuhr weiter und hoffte, ihn bald wiederzusehen.

So vergingen die Tage und verflogen die Stunden. Tamara war schon fast drei Wochen in Rußland. Seit dem Ausflug nach Zarskoje Selo war sie von einer Einladung zur anderen getänzelt. Sie traf immer wieder dieselben Leute und lernte sie immer besser kennen.

Den Prinzen sah sie nur selten. Seine Pflichten nähmen seine ganze Zeit in Anspruch, erklärte ihre Tante.

Eines Nachmittags jedoch kam er plötzlich in den Blauen Salon. Tamara war allein und las.

„Ich hätte gern eine Tasse Tee, Madame", sagte er. „Ich bin der Prinzessin in der Halle begegnet, und sie hat mich zu Ihnen heraufgeschickt."

Tamara goß ihm Tee ein. Während der letzten zwei Wochen hatte sie wieder etwas zu sich gefunden, und sie konnte ihm mit mehr Selbstsicherheit begegnen.

„Und was denken Sie mittlerweile über uns Russen, Madame?" fragte der Prinz.

„Daß sie seltsame Menschen sind", antwortete Tamara. „Sie sind hochintellektuell, sie können sehr geistvoll sein, doch innerhalb von fünf Minuten kann alle Intelligenz aus ihren Gesichtern weichen und alles Interesse aus ihrer Rede, und sie stürzen sich auf das Bridgespiel."

„Weil wir primitiv und unverdorben sind", erklärte der Prinz. „Bridge ist unser neues Spielzeug, und mit dem *müssen* wir jetzt spielen. Die erste Begeisterung wird jedoch abflauen, und dann muß eben ein neues Spielzeug erfunden werden. Sie in England haben andere Ventile für Ihre übersteigerte Vitalität."

„Waren Sie je in England, Prinz?" fragte Tamara.

Er setzte sich neben sie auf das Sofa.

„Nein, aber eines Tages werde ich hinfahren. Über Paris bin ich bisher nicht hinausgekommen."

„Ich nehme an, daß Sie uns Engländer für langweilig, berechnend und unangenehm reserviert halten würden", sagte Tamara. „Die großen Jagden würden Ihnen wahrscheinlich Spaß machen, aber irgendwie kann ich Sie mir in England nicht vorstellen."

Der Prinz stand auf und ging zum Kamin.

„Wissen Sie übrigens schon", fragte er in absichtlich gleichgültigem Ton, „daß ich etwas Schreckliches gemacht habe? Sie müssen mich bedauern. Ich habe mein Lieblingspferd verletzt. Wissen Sie, den Araberhengst. Sie erinnern sich doch an Suliman, oder?"

„Natürlich", entgegnete Tamara.

„Es war so", sagte der Prinz. „Ich hatte ein paar Freunde eingeladen, und wir waren alle recht ausgelassen – Ihnen hätte diese Art von Party natürlich nicht gefallen, aber Sie waren ja auch nicht dabei. Wie dem auch sei, meine Freunde haben mich plötzlich dazu überredet, Suliman aus dem Stall zu holen und mit ihm mitten in den Salon hineinzureiten."

„Was Sie auch prompt getan haben, nehme ich an", erwiderte Tamara.

„Natürlich", stimmte der Prinz zu. „Bloß beim Ritt zurück ist er in der Halle über den verfluchten Teppich gestolpert und hat sich die Vorderbeine verstaucht. Aber sie hätten ihn sehen sollen!" Der Prinz warf stolz den Kopf in den Nacken. „Elegant wie ein Gentleman die Treppe hinauf und auch wieder hinunter. Den größten Erfolg hatte er, als er im Salon die Vorderhufe auf die Kaminumrandung gestellt hat."

„Ein Jammer, daß Sie den Beruf so verfehlt haben", sagte Tamara. „Denken Sie bloß an den Erfolg, den Sie in einem Zirkus haben würden!"

Der Prinz zuckte zusammen wie unter einem Schlag. Seine Augen sprühten Feuer.

„Ich hatte mir eingebildet, Sie seien in unserem Schnee etwas geschmolzen", sagte er. „Aber nichts da! Die Mumie wie eh und je."

Tamara lachte. Zum erstenmal hatte sie die Zügel in der Hand.

„Ja", pflichtete sie ihm bei. „Wie eh und je."

Er sah sie an, und sein Blick war plötzlich voll Schmerz.

„Mein Gott, wie kann man sein Leben so vergeuden!" sagte Tamara, die auf einmal nicht mehr an sich halten konnte. „Werden Sie doch endlich erwachsen und frei, und tun Sie etwas. Kümmern Sie sich um Ihre Ländereien und die Bauern, die von Ihnen abhängig sind. Aber nein! Sie verplempern Ihre Zeit damit, Ihr Lieblingspferd treppauf, treppab zu reiten. Ich gratuliere Ihnen, Prinz!"

Er riß sich zusammen, und der wilde Blick kehrte in seine Augen zurück.

„Ich erlaube es niemand, mich zu kritisieren", sagte er. „Wenn es mir Spaß machen würde, einen Bären in dieses Zimmer zu treiben und Sie zerreißen zu lassen, so würde ich keine Sekunde zögern."

„Das glaube ich Ihnen aufs Wort", erwiderte Tamara lachend. „Es paßt zum Rest."

Der Prinz strich sich mit einer wütenden Bewegung die Haare aus der Stirn. Sie sahen sich wie zwei streitende Katzen an, als zum Glück die Tür aufging und die Prinzessin hereinkam.

Einen Moment später lachte Prinz Milaslawski.

„Madame hat mir eben die Leviten gelesen", erzählte er. „Sie ist der Meinung, daß ich nicht zum Offizier, sondern eher zum Zirkusartisten geboren bin."

Tamara schwieg.

„Warum mußt du ständig streiten, Gritzko", sagte die Prinzessin und schüttelte den Kopf. „Ich verstehe dich manchmal wirklich nicht."

„Machen Sie sich meinetwegen keine Gedanken, Tantchen", entgegnete der Prinz und küßte Tamaras Patentante die Hand. „Außerdem haben wir gar nicht gestritten. Wir sind die besten Freunde und sagen uns nur ab und zu die Wahrheit. Ich bin hier, weil ich fragen wollte, ob Sie nicht Lust hätten, nächste Woche nach Milaslaw hinauszukommen. Madame sollte doch auch Moskau kennenlernen, und man könnte von dort aus hinfahren. Und wenn es nur für eine Nacht ist." Er sah Tamara an und zog eine Augenbraue in die Höhe. „In Milaslaw hätte Madame dann auch die Möglichkeit, mit eigenen Augen zu sehen, wie ich die Bauern knechte, die von mir abhängig sind, und sie verhungern lasse."

„Ich würde Ihren Landsitz sehr gern sehen, Prinz", erwiderte Tamara freundlich. „Vielen Dank für Ihre Einladung."

„Es wird mir eine Ehre sein." Prinz Milaslawski verbeugte sich höflich und wandte sich wieder an Tamaras Patentante. „Sie machen es doch möglich, Tantchen, nicht wahr?"

„Ich werde es versuchen, Gritzko", entgegnete die Prinzessin. „Ich muß erst noch einen Blick in unseren Terminkalender werfen. Heute abend im Ballett kann ich es dir sagen." Sie lächelte ermutigend. „Tamara hat unser Nationalballett noch nicht gesehen, was heute abend nachgeholt wird. Prinz Miklefski und Vallone begleiten uns."

„Dann bis heute abend“, sagte der Prinz, küßte ihnen die Hand und ging wieder.

„Tamara“, begann Prinzessin Vera, als sich die Tür hinter ihm geschlossen hatte. „Was hast du denn zu ihm gesagt, das ihn so erschüttert hat? Ich kenne jede Faser seines Gesichts. Seit dem Tod seiner Mutter habe ich ihn nicht mehr so gesehen. Er war ja wie am Boden zerstört.“

Tamara schilderte ihr bis ins Detail, wie es zu den Vorwürfen gekommen war, die sie ihm gemacht hatte.

„Da hast du allerdings einen sehr wunden Punkt berührt, meine Liebe“, stellte die Prinzessin fest, als Tamara geendet hatte. „Seine Mutter war für die Leute von Milaslaw so etwas wie eine Heilige. Sie haben sie glühend verehrt. Gritzkos Mutter war eine sehr schöne und sehr liebenswerte Frau und hat nach dem Tode ihres Mannes fast ganz auf dem Lande gelebt. Sie hat Schulen bauen lassen und dafür gesorgt, daß die Kinder der Bauern und Landarbeiter in den Genuß eines geregelten Unterrichts kommen. Sie war herzensgut und hat alles getan, um die Menschen in Milaslaw glücklich zu machen.“

„Und all das hat der Prinz nicht fortgeführt, nehme ich an“, sagte Tamara.

„Nein, ganz so ist es nicht“, entgegnete die Prinzessin mit einem tiefen Seufzer. „Aber ich muß zugeben, daß seine lebenslustigen Freunde ihm nicht die Zeit lassen, die nötig ist, um derlei Dinge in Gang zu halten. Mein Gott, Tamara, wenn du wüßtest, wie gern ich Gritzko mag. Ich liebe ihn wie einen Sohn und bin oft sehr bekümmert, weil die wirklich guten, noblen Züge seines Charakters brachliegen.“

„Du bist so gütig, Tante Vera“, sagte Tamara. „Ich nehme an, daß er eben schwach ist.“

„Nein, Tamara, das ist er nicht", widersprach die Prinzessin. „Nur etwas rumort in ihm und bricht immer wieder aus. Irgendwie hat er eine teuflische Ader, dieser Junge. Aber er besitzt einen eisernen Willen und bricht nie sein Wort." Sie schüttelte den Kopf. „Aber sein Wort zu bekommen und ihn zur Ernsthaftigkeit zu bringen, das ist eine schier aussichtslose Aufgabe. Manchmal denke ich, daß es seine Rettung wäre, wenn ihm die große Liebe begegnen würde. Ich glaube, dann würde seine Seele erwachen."

Tamara senkte den Blick. „Aber das wird wahrscheinlich nicht passieren, oder?" fragte sie.

„Ich wollte, er würde sich in dich verlieben, mein Kind", gestand die Prinzessin nachdenklich. „Mein Bruder Alexis war wie Gritzko. Damals, als deine Mutter und ich noch jung waren und er für eine Saison bei mir in London zu Gast war, hat er die tollsten Dinge vollführt. Wir drei waren viel zusammen. Er starb bei einem Duell. Es war eine sehr, sehr traurige Geschichte."

Tamara streichelte ihrer Patentante die Hand.

Dann gingen sie Arm in Arm aus dem Salon, um sich für das Diner umzuziehen. Sie waren in den drei Wochen zu guten Freundinnen geworden.

5.

Die Damen trugen Abendkleider, die Herren glitzernde Uniformen oder einen Frack, es war fast wie bei einem Galaempfang. Im Parkett, in den Logen mit den blauen Seidenvorhängen, auf den Galerien, es gab nirgends noch einen freien Platz.

Tamara betrachtete die prachtvolle Szene, konnte sich jedoch nicht daran erfreuen, denn sie war von einer seltsamen Unruhe erfaßt.

Sie gestand sich nur widerwillig ein, daß der Prinz der Grund dafür war. Sie hatte plötzlich Angst vor der Zukunft.

Er nahm ihre Gedanken viel zu sehr in Anspruch, und wenn sie in seiner Nähe war, wurden nie gekannte, unkontrollierbare Gefühle in ihr wach. Dabei schien er sich nicht wirklich für sie zu interessieren. Außerdem – konnte man mit einem Menschen von seiner wilden Natur glücklich werden?

Es hatte keinen Zweck. Sie mußte sich wieder in den Griff bekommen und sich seinem Einfluß entziehen. Und wenn ihr das nicht gelingen sollte, hatte sie immer noch die Möglichkeit abzureisen. Das Leben in England kam ihr mittlerweile eintönig und fade vor, aber es lebte sich dort wenigstens ruhig und sicher.

Als nach dem ersten Teil der Vorhang fiel, kam der Prinz nicht, wie sie gehofft hatte, in die Loge der Prinzessin, sondern lehnte lässig an einer Balustrade und betrachtete die Leute.

Das Herz krampfte sich ihr zusammen, doch Tamara zwang sich, höfliche Konversation mit den Herrschaften zu machen, die der Prinzessin ihre Ehrerbietung erwiesen.

Gritzko sah nicht einmal in ihre Richtung! Er unterhielt sich lachend mit irgendwelchen Offizieren.

Tamara wurde plötzlich zornig.

Auf nichts werde ich mich einlassen, dachte sie. Ich werde mich beherrschen und Herr der Situation bleiben.

Leider konnte sie auch den zweiten Teil nicht genießen, sie war innerlich zu aufgewühlt.

In der zweiten Pause blieben die beiden Damen nicht in ihrer Loge, sondern gingen in den kleinen Vorraum. Tamara war heilfroh, von hier aus den Prinzen wenigstens nicht sehen zu können.

Einen Moment später jedoch sah sie ihn trotzdem, denn die Tür ging auf, und er kam herein. Er begrüßte Tamara mit höflicher Gleichgültigkeit und setzte sich neben die Prinzessin.

Graf Valonne, der sich mit ihr unterhalten hatte, stand auf und kümmerte sich um Tamara. Der Graf war ein sehr charmanter Mann, und er und Tamara waren mittlerweile wirklich gute Freunde. Während Tamara sich lächelnd mit ihm unterhielt, verfolgte sie gleichzeitig das Gespräch zwischen ihrer Tante und dem Prinzen.

„Tantchen", sagte er, „mich plagt heute der Teufel. Wenn dieses scheußliche Ballett vorbei ist, begleiten Sie mich dann zum Souper?"

„Aber Gritzko, was ist denn los mit dir? Hast du Ärger gehabt?"

Er lehnte sich nach vorn und stützte das Kinn auf eine Hand.

„Das nicht gerade", antwortete er, „aber Ihr überheblicher Gast aus England hat mir etwas zu deutlich die Meinung gesagt. Wahrscheinlich hat sie ja recht. Ich verplempere mein Leben. Meine Mutter wäre manchmal höchst unzufrieden mit mir. Wie dem auch sei, erst war ich sehr betroffen, und jetzt habe ich eine Wut und muß etwas unternehmen, um die ganze Sache zu vergessen. Wenn Sie nicht mit mir soupieren ..."

„Ach Gritzko!" fiel ihm die Prinzessin ins Wort.

„Ich habe zu Hause angerufen und alles herrichten lassen", sagte der Prinz. „Ich weiß, daß Sie nicht sonderlich gern in Restaurants gehen. Bitte, sagen Sie, daß Sie kommen . . ." Er küßte ihr die Hand. „Die anderen habe ich auch alle eingeladen."

„Wir kommen nur, wenn du mir versprichst, daß du nicht mit meiner Nichte streitest, Gritzko", erklärte die Prinzessin. „Du verwirrst sie, und das will ich nicht."

Der Prinz lachte. „Ich soll sie verwirren? Sie ist viel zu kalt und rechtschaffen, um sich verwirren zu lassen."

Tamara unterhielt sich immer noch mit Graf Valonne. Kurz darauf ging sie in die Loge zurück, und der Prinz setzte sich neben sie.

Tamaras Herz schlug schneller.

Bin ich wirklich kalt? fragte sie sich. Und wenn ja, warum ist er mir dann nicht gleichgültig?

„Manchmal denke ich, daß Sie gar kein Herz haben, Madame", flüsterte ihr der Prinz zu.

„Sie irren, Prinz", flüsterte Tamara zurück.

Er beugte sich noch näher zu ihr.

„Heute abend wollen wir ausnahmsweise einmal nicht streiten, einverstanden? Ich werde Sie wie eine Schwester behandeln oder wie eine gute Freundin. Ich möchte verwöhnt und getröstet werden, weil ich traurig bin."

Seine Stimme klang weich und melancholisch und erweckte Tamaras Mitleid.

„Bitte, seien Sie nicht traurig", sagte sie. „Sie denken wahrscheinlich, daß ich nicht nett zu Ihnen gewesen bin, aber das stimmt nicht. Ich fand lediglich, daß – daß es ein Jammer um Sie ist."

„Sie haben mir sehr weh getan, wissen Sie das? Allein schon die Bemerkung mit dem Zirkus. Wir Russen sind in solchen Dingen sehr empfindlich. Von einem Mann hätte ich mir das nicht bieten lassen. Ich hätte ihn umgebracht."

„Mich hat das, was Sie mir erzählt haben, richtig erbost. Für einen Mann von Ihrer Intelligenz ist das einfach zu kindisch. Bei jedem anderen hätte ich mich nicht so aufgeregt, aber ausgerechnet Sie müssen so etwas tun. Ich bitte Sie inständig, lassen Sie diese Wahnsinns . . ."

Tamara brach plötzlich ab und wurde rot.

Der Prinz sah sie bloß mit den großen blaugrauen Augen an. Was er dachte, wußte sie nicht.

Die Situation war Tamara peinlich. Sie schämte sich, weil sie eindeutig zu weit gegangen war. In ihrer Not wich sie zurück und saß stocksteif da.

Der Prinz nahm ihre Hand.

„Madame", flüsterte er. „War das eben Ihre ehrliche Meinung? Ich muß es wissen."

„Ja", antwortete Tamara und versuchte, ihm die Hand zu entziehen. „Ja. Ich finde es nämlich schrecklich, wenn ein Mensch seine Talente ignoriert, und möchte, daß Sie jemand sind, den man bewundert und zu dem man aufschaut."

Er ließ ihre Hand nicht los, sondern hielt sie noch fester.

„Sie sind eine sehr liebenswerte Frau, und ich will es versuchen", erwiderte er. „Und wenn Sie mit mir zufrieden sind, dann müssen Sie mich belohnen."

„Mein Gott, wie könnte ich Sie schon belohnen, Prinz?" sagte Tamara mit einem Seufzer.

„Das werde ich Ihnen schon sagen, wenn der Zeitpunkt gekommen ist."

Der Frieden schien wiederhergestellt zu sein. Der Vorhang fiel, der Prinz stand auf und verließ die Loge.

Er wartete vor dem Theater auf sie.

„Ich habe Stephen Strong getroffen, Tantchen", sagte er. „Wir haben uns in Triest getrennt, und er ist heute erst in Petersburg angekommen. Er hat einen Cousin mitgebracht, einen Lord Soundso. Ich habe die beiden ebenfalls eingeladen."

„Heißt der Cousin zufällig Jack Courtray?" fragte Tamara interessiert. „Mr. Strong hat einen Cousin, der unweit von uns auf dem Lande wohnt und ständig auf Reisen ist."

„Ja, ich glaube, so heißt er, Courtray. Dann kennen Sie ihn also."

Sie waren eingestiegen, Tamara saß neben ihrer Tante, der Prinz den Damen gegenüber.

„Ein Jugendfreund?" fragte er.

„Ja", antwortete Tamara. „Fast Sandkastenfreund. Mein Bruder Tom war mit ihm zusammen in Eton. Der gute alte Jack, ich mag ihn gern."

„Dann ist es ja gut, daß ich ihn vorhin getroffen habe", erklärte der Prinz.

„Ja, wirklich."

Da das Souper erst in einer halben Stunde serviert werden konnte, wurden gleich wieder die Bridgekarten herausgeholt, und die Paare fanden sich zusammen.

„Ich werde Mrs. Loraine meine Gemälde zeigen", verkündete der Prinz. „Sie spielt nicht sonderlich gern Bridge."

Und so führte er sie in dem Salon, in dem die Kartentische aufgeklappt worden waren, von Bild zu Bild, bis er schließlich einen Flügel der hohen Tür öffnete und sie nach nebenan führte.

„Das hier ist der Ballsaal", sagte er. „Er ist wie jeder andere Ballsaal, und deshalb halten wir uns hier nicht länger auf."

Durch eine Seitentür kamen sie in einen Salon, dessen grau-weiß gestreifte Tapeten an der Decke in einem Punkt zusammenliefen, so daß der Raum wie ein großes Zelt wirkte. Hier hingen vor allem Stilleben und Gemälde, die Jagdszenen darstellten.

Der Prinz besaß enorme Kenntnisse, was die Malerei und deren Techniken betraf.

Unter einem der Gemälde hing ein kunstvoll verzierter Dolch. Tamara fragte nach seiner Geschichte, und der Prinz gab ihn ihr in die Hand.

„Dieser Dolch gehörte einmal einem berühmten Mann", erzählte er. „Er war Kosak, hieß Stenko Razin und war Bandit und Räuber. Er liebte eine persische Prinzessin, die er entführt hatte. Eines Tages, es geschah auf seinem Segelboot auf der Wolga, hat er sich mit Schnaps vollaufen lassen, den er von irgendwelchen holländischen Handelsleuten bekommen hatte. Die Prinzessin war natürlich an Bord. Sie war ein wunderschönes Mädchen, liebreizend und voll Zärtlichkeit. Er liebte sie mehr als all seinen Reichtum.

Der Schnaps bewirkte, daß sich wahnsinnige Gedanken seines Hirns bemächtigten. Nachdem er ein Loblied auf die Wolga gesungen und sich bei ihr für das Diebesgut bedankt hatte, das er mit ihrer Hilfe erbeutet hatte, machte er sich Vorwürfe, diesem Fluß nie etwas Wertvolles geopfert zu haben. Er riß seine Geliebte an sich, nahm sie ein letztes Mal in die Arme und warf sie über Bord."

„Grauenvoll!" rief Tamara und legte den Dolch weg.

Der Prinz nahm ihn und zog ihn aus der Scheide.

„Auch schon in jenen Tagen floß wildes Blut in den Adern der Kosaken", sagte er. „Sie dürfen nicht zu streng mit mir sein, weil ich lediglich auf meinem Pferd geritten bin."

„Könnten Sie ebenso grausam sein wie dieser Stenko Razin?" fragte Tamara.

„Ja, ich glaube, ich könnte grausam sein“, antwortete der Prinz. „Aus Eifersucht könnte ich sogar brutal sein, aber ich wäre nie grausam oder brutal zu der Frau, die ich liebe, solange ich mir dadurch selbst schade. Razin hat durch eine einzige persönliche Wahnsinnstat die Seligkeit verloren. Es wäre klüger gewesen, die Geliebte zu behalten, bis er ihrer überdrüssig gewesen war. Sind Sie da nicht meiner Meinung?“

„Diese Geschichte ist scheußlich“, sagte Tamara. „Ich verstehe so etwas nicht. Für mich bedeutet die Liebe Zärtlichkeit und Treue. Nie würde ich demjenigen, den ich liebe, weh tun wollen.“

Der Prinz sah sie ernst an.

„Ich habe mich in letzter Zeit manchmal gefragt, was die Liebe für mich eigentlich bedeutet“, sagte er. „Was denken Sie, Madame?“

Das Herz klopfte Tamara bis zum Hals hinauf, doch sie war fest entschlossen, ihre Gefühle zu beherrschen.

„Ich denke“, antwortete sie, „daß Sie manchmal grausam und dann wieder unheimlich zärtlich sein könnten.“

„Zärtlich ganz bestimmt.“ Er legte die Hände auf den Rücken und ging mit großen Schritten durch den Salon. „Ja, ich würde absolute Unterwerfung verlangen, und wenn mir diese verweigert werden würde, könnte ich grausam werden. Und wenn die Frau, die ich liebe, kalt und ablehnend wäre, dann würde ich sie verlassen. Würde sie mich aber wirklich lieben, mein Gott, es wäre der Himmel auf Erden.“

„Und jetzt überlegen Sie, wie weh es ihr tun würde, wenn Sie irgendwelche kindischen Sachen anstellen würden?“

Der Prinz blieb mit einem Ruck stehen.

„Niemand stellt kindische Sachen an, wenn er glücklich ist, Madame. All diese Ausbrüche sind der Schaum einer gärenden Seele. Wenn man jedoch glücklich ist..." Er schüttelte den Kopf. „Mein Gott, wenn Sie wüßten! In der Wüste Ägyptens habe ich manchmal geglaubt, die Ruhe endlich gefunden zu haben. Ich habe dieses Leben hier satt. Meinen Sie, daß ich in Ihrem Land lernen könnte, was Frieden ist?"

„Viele von Ihnen sind so unausgeglichen", bemerkte Tamara. „Sie wirken so gewandt, vernünftig und selbstsicher, und dann schwenken Sie plötzlich um und verhalten sich so undiszipliniert, wie bei uns zu Hause kein Kind sein dürfte."

„Ja, das stimmt."

„Sie scheinen zu lieben oder zu hassen und töten zu müssen. Es gibt Stürme, Leidenschaften und die Fröhlichkeit von Kindern, und nach außen hin ist alles wohlerzogen und lächelt, aber unter der Oberfläche scheint ein Vulkan zu schwelen, der jeden Moment ausbrechen kann."

„Ich fühle mich heute so, als würde er tatsächlich ausbrechen", erklärte der Prinz.

Er kam zu Tamara und sah ihr in die Augen, als wolle er ihr noch etwas sagen, tat es dann aber doch nicht.

„Sie machen den Eindruck eines Menschen, der kein Ziel hat", fuhr Tamara mit ernstem Gesicht fort. „Sie interessieren sich nicht für die Politik Ihres Landes und scheinen nur damit beschäftigt zu sein, die Zeit totzuschlagen. Warum?"

„Unser Land!" rief der Prinz und ließ sich in einen Sessel fallen. „Das werden Sie wahrscheinlich nie verstehen, und es ist sehr schwierig, es Ihnen verständlich zu machen. Zu Zeiten, als es noch Leibeigene gegeben hat, da konnte man noch ein verantwortungsbewußter, guter Großgrundbesitzer sein, aber heute ..." Er stand auf und ging wieder auf und ab. „Jetzt erheben sich so viele Fragen. Wenn man darüber nachdenkt, verliert man den Verstand. Aber ich bin Soldat, Madame, also verbiete ich es mir, irgendwelche Spekulationen anzustellen."

„Demnach sind die Dinge nicht so, wie Sie es sich wünschen würden?" fragte Tamara.

„Wie ich es mir wünschen würde?" wiederholte der Prinz. „Nein, weiß Gott nicht. Aber wie gesagt, ich lasse mich erst gar nicht damit ein. Mein einziger Gehorsam gilt dem Kaiser, und das wird bis an das Ende meines Lebens so sein."

Tamara spürte, daß sie zu tiefgründige Wasser aufgewühlt hatte. Sein Blick war voll Melancholie, und sie fühlte sich zu ihm hingezogen wie noch nie. Was wohl hinter dieser hohen, vornehmen Stirn vor sich ging?

Er nahm ihre Hand und küßte sie.

„Madame, bitte veranlassen Sie mich nicht dazu, nachzudenken", sagte er. „Ich kenne nur meine Pflicht meinem Herrscher gegenüber. Alles andere zählt nicht."

Seine Augen waren wie große, düstere Teiche voll Unruhe und Schmerz.

Sie entzog ihm die Hand nicht, und er küßte sie nochmals.

Die Uhr auf dem Kaminsims schlug. Ein Uhr!

„Mein Gott, das Souper", sagte Tamara. „Wir haben es völlig vergessen. Jetzt ist aber Schluß mit den ernsten Gesprächen. Ich habe einen Bärenhunger."

„Sie haben bestimmt schon angefangen", sagte der Prinz. „Ja, Schluß mit den ernsten Gesprächen. Jetzt wollen wir lustig sein und lachen."

Damit nahm er sie an der Hand, und fröhlich wie zwei Kinder gingen sie durch die leeren Räume zurück, um genau das vorzufinden, was er vorausgesagt hatte.

Alle saßen bereits bei Tisch und ließen es sich – auch ohne den Gastgeber – von Herzen schmecken.

„Gritzko!" rief Gräfin Olga. „Wir haben mit dem besten Willen nicht länger warten können. Jeder von uns ist fast gestorben vor Hunger."

Die beiden Engländer standen auf und begrüßten Tamara.

„So eine Überraschung, Tamara!" rief Lord Courtray. „Wer hätte das gedacht? Glück muß der Mensch haben."

Jack Courtray war ein herzensguter, unglaublich sportlicher Mann, der bei den Frauen großen Erfolg hatte.

„Hier gefällt es mir", erklärte er.

Nach den Aufregungen und Gefühlswallungen der letzten Tage empfand Tamara seine Direktheit als besonders wohltuend.

Als alle mit dem Essen fertig waren, wurde in einen großen Raum gebeten, den Tamara noch nicht kannte.

„Was du hier siehst, Tamara", sagte ihre Tante, „ist typisch russisch."

Der Raum war riesig. In einer Ecke stand ein hoher Ofen mit Kacheln aus Porzellan. Die Wände waren holzgetäfelt, der Fußboden war mit großen Perserteppichen ausgelegt. Große, bequeme Diwane luden geradezu dazu ein, es sich gemütlich zu machen. An einer Wand stand ein elektrisches Klavier.

Der Prinz legte einen Walzer ein und forderte Tamara zum Tanz auf.

Die respektvolle Freundlichkeit von eben war wie weggewischt. Seine Augen sprühten Feuer, und er sah orientalischer und draufgängerischer aus denn je.

Er drückte sie so fest an sich, daß Tamara kaum atmen konnte. Sie hatte das Gefühl, durch die Luft zu schweben und gleichzeitig in seinen Armen gefangen zu sein.

„Prinz, bitte, ich ersticke“, rief sie schließlich.

Er hob sie in die Höhe, wirbelte zu einem Sessel, setzte sie hinein und lachte, während Tamara keuchte und kein Wort herausbrachte.

Auf ihrem Dekolleté zeichneten sich die Abdrücke der zwei silbernen Kordeln ab, welche die Brust seiner Uniform zierten.

„Ich wollte, das würde nie wieder weggehen“, sagte er.

Tamara lehnte sich in dem Sessel zurück, ein Opfer ihrer Gefühle.

Ich müßte eigentlich entsetzt sein, dachte sie. Und ich bin es auch.

Doch jede Faser ihres Körpers genoß das Gefühl von unendlichem Glücklichsein.

Plötzlich stand Jack Courtray neben ihr.

„Tamara!“ rief er. „Heiliger Florian! Was hast du denn da am Hals?“

Zum Glück hatte sich Tamara einen Chiffonschal um den Arm geschlungen, den sie sich jetzt lässig um den Hals warf.

„Nichts, Jack . . . Komm, tanzen wir.“

„So ein netter Kerl, dieser Prinz Milaslawski“, sagte Jack Courtray, während sie tanzten. „Und verdammt gutaussehend für einen Ausländer.“

„Ja, er sieht gut aus“, gab Tamara zu. „Wenn er nur nicht so ungestüm wäre. Findest du nicht auch, daß er etwas beängstigend Urwüchsiges an sich hat?“

„Wenn du vorhast, mit ihm zu tändeln, dann hör auf meinen Rat und nimm dich in acht.“

Der Prinz hatte inzwischen den Raum verlassen.

„Er telefoniert nach einer Zigeunerkapelle“, erklärte Prinzessin Sonja, „und trommelt Freunde und Bekannte zusammen. Es wird nicht lange dauern, dann sind genug Leute da, und wir können richtig feiern. Mit Contredanse und allem.“

Daß es bereits drei Uhr morgens war, schien niemand zu kümmern.

„Du mußt mir das alles erst einmal erklären, Tamara“, sagte Jack Courtray, als sie sich auf einen großen Diwan setzten.

„Gut“, begann Tamara. „Von den Leuten, die du hier siehst, ist einer netter als der andere. Und glaub bloß nicht, daß sie Faulenzer sind, weil sie sich die Nächte um die Ohren schlagen. Sie sind voll da, wenn es sein muß. Ihre ständige Bereitschaft für dies und jenes ist ihr großer Charme. Sie brauchen keinen Vorwand wie so manche von uns. Und nicht einer von ihnen ist eingebildet oder geziert. Sie sind völlig natürlich und beziehen dich mit ein, weil sie dich mögen. Und wenn sie dich nicht mögen, dann lassen sie dich in Ruhe.“

„Und die Männer?“ fragte Lord Courtray. „Ich nehme an, daß sie hundsmiserable Liebhaber sind.“

„Das glaube ich nicht“, entgegnete Tamara und wurde plötzlich rot. „Auf alle Fälle sind sie die besten Freunde, die man sich wünschen kann. Diejenigen, die noch sehr jung sind, gehen wenig aus. Meine Patentante sagt, daß sie sehr hart rangenommen werden und sich gern im Kasino aufhalten, wenn sie frei haben. Oder auch mit gewissen Damen im Restaurant, wo sie dann tun können, was sie wollen. Ich finde das zwar nicht sehr schön, aber es geht mich zum Glück nichts an."

„Nicht sehr schön?" wiederholte Jack Courtray. „Verdammt vernünftig ist das!"

Es kam tatsächlich eine Zigeunerkapelle, und es trafen neue Gäste ein.

Und dann stellte man sich zum Contredanse auf. Daß sich erwachsene Menschen auf diese Weise köstlich amüsieren konnten, war für Tamara eine neue und eine sehr erfreuliche Erfahrung.

Der Contredanse war eine Art Quadrille mit vielen Figuren und Farandolen, wobei eine Person als Kotillon in der Mitte auf einem Stuhl sitzen mußte. Gegen Ende des Tanzes lachte und hüpfte alles, die Zigeuner sangen, und nichts hätte fröhlicher, ausgelassener und lustiger sein können.

Der Prinz hatte Tamara dazu aufgefordert.

„Ich möchte, daß Sie meine Partnerin sind", hatte er gesagt. „Ich will Ihnen schon lange zeigen, wie es ist, wenn es echt russisch zugeht."

Alles hatte sich übrigens längst in den Ballsaal begeben, in dem sämtliche Lüster brannten und die Schonbezüge wie von Geisterhand von den Sitzmöbeln gezogen worden waren.

Der Prinz hatte sich bemüht, liebenswürdig zu Tamara zu sein, und hatte sie auch nicht mehr so fest an sich gedrückt, seine Augen hatten jedoch geglüht, wenn der Zufall sie in die Arme Lord Courtrays gespielt hatte. Jedesmal war er plötzlich neben ihr aufgetaucht, hatte sie abgeklatscht und ihrem Landsmann entführt.

Tamara war absolut glücklich. Sie analysierte nicht mehr, stellte sich keine quälenden Fragen und kämpfte nicht mehr gegen ihre Gefühle an. Sie ließ sich einfach treiben.

Es war fünf Uhr morgens, als jemand meinte, jetzt sei eine herzhafte Mahlzeit auf der Insel gerade das richtige. Man debattierte nicht lange, sondern brach auf.

Man wollte einfach nicht aufhören, sich zu amüsieren, und sah auch keinen Grund, es nicht zu tun. Gesellschaftliche Konventionen, so, wie die Engländer sie sahen, existierten nicht. Diejenigen, die weiterfeiern wollten, stiegen in ihre Wagen oder Schlitten.

„Ich weiß, daß du gern Troika fährst, Tamara", sagte Prinzessin Ardachew. „Fahr du mit Olga, Gritzko und deinem Freund aus England. Aber bitte, pack dich fest ein und zieh dir etwas auf den Kopf."

„Natürlich", entgegnete Tamara.

Gräfin Glabow setzte sich mit dem Rücken zu den Pferden.

„Ich will den Wind nicht ins Gesicht bekommen", erklärte sie, aber in Wahrheit hatte sie neben Lord Courtray sitzen wollen, der die Gelegenheit auch dazu nützte und ihre Hand nahm.

Es sei bitter kalt, flüsterte er ihr zu, und sie könne doch nicht so unmenschlich sein und einen Gast aus dem Ausland frieren lassen.

Das Restaurant auf der Insel war riesig. Für sie war ein extra Raum im ersten Stock reserviert, durch dessen Fenster man auf den großen Saal mit den Hunderten von Tischen heruntersehen konnte. Während sie auf das Essen warteten, spielten die Zigeuner.

„Wenn man bedenkt, daß es fünf Uhr morgens ist!" rief Jack Courtray begeistert. „Das sollten die rückständigen Stadtväter von London einmal sehen.

Heiliger Florian! Das ist genau die richtige Stadt für mich."

Er ging Olga Glabow nicht mehr von der Seite und machte ihr ordentlich den Hof.

Und dann nahmen sie zu dem lustigsten Essen Platz, das man sich denken konnte. Alle waren fröhlich und ausgelassen, aber niemand übertrieb oder fiel gar aus der Rolle.

Als sie sich gegen sieben Uhr morgens vor dem Restaurant voneinander verabschiedeten, beschloß Olga Glabow plötzlich, daß sie die Kälte nun wirklich nicht mehr ertragen könne.

Und damit stieg sie mit Lord Courtray in ein Taxi.

Alles kam so plötzlich, Tamara saß bereits im Schlitten und war in die Pelzdecken eingehüllt, und die Pferde stampften nervös.

„Sie wollen in ihren Stall", sagte der Prinz, setzte sich neben sie und ließ anfahren.

Und so flog Tamara mit dem Prinzen allein durch den verschneiten Morgen.

Keiner sprach, doch der Prinz rückte näher und näher, legte den Arm um sie und drückte sie an sich.

„Douschka", flüsterte er. „Ich hasse diesen Engländer, und das Leben ist so kurz. Genießen wir es, solange wir die Möglichkeit haben."

Und dann küßte er sie.

Tamara wehrte sich gegen die vergiftenden Gefühle, die sie überfielen. Welch erschreckende Welle war plötzlich über ihrem geordneten Leben zusammengeschlagen!

Vergeblich versuchte sie, ihn wegzuschieben.

„Mein Liebling", flüsterte er ihr ins Ohr. „Meine kleine weiße Seele. Wehre dich nicht. Es hat gar keinen Zweck, ich tue ja doch, was ich will. Ich bin ganz zärtlich und will dich nur streicheln und küssen."

Und wieder suchte er nach ihren Lippen und küßte sie voll Zärtlichkeit.

Alle Widerstandskraft wich aus Tamara. Sie wußte nur noch, daß sie überglücklich war, und betete, daß dieser Traum nie zu Ende gehen würde.

Sie schloß die Augen, der Prinz flüsterte ihr Koseworte in Russisch und Französisch ins Ohr, strich mit den schweren, samtenen Lidern über ihre Wangen und küßte sie immer wieder.

Als sie die Troitzkabrücke überquert hatten und der erste Schein des Tages die Nacht vertrieb, ließ er sie schließlich los und hielt nur noch ihre Hand unter den Decken.

Noch ein einziges Mal, in einer verlassenen Straße, küßte er sie.

Und dann waren sie vor dem Haus der Prinzessin angekommen, und er hob sie aus dem Schlitten.

„Gute Nacht, Madame, schlafen Sie wohl", sagte er mit ruhiger Stimme.

6.

Tamara fühlte sich, als seien ihr alle Begriffe abhanden gekommen.

Sie sank auf ihr Kopfkissen und zwang sich, die Situation so zu sehen, wie sie war, das zu überdenken, was geschehen war, und sich zu überlegen, wie sie darauf reagieren sollte.

Daß sie Gritzko liebte, konnte sie nicht länger abstreiten. Es war eine Tatsache.

Aber daß sie Engländerin war und sich nicht einfach von einem Mann küssen lassen konnte, der daran gewöhnt war, zu tun und zu lassen, was er gerade wollte, das war ebenfalls eine Tatsache.

Sie war frei, und er war frei – folglich waren seine Zärtlichkeiten, sosehr Tamara sie genossen hatte, eine Beleidigung.

Wenn er sie so sehr begehrte, so hätte er um ihre Hand anhalten müssen. Das hatte er nicht getan, also blieb ihr nichts anderes übrig, als abzureisen. Und je früher sie nach England zurückkehrte, desto besser.

Sie hatte diesen Gedanken kaum zu Ende gedacht, als sie seinen letzten leidenschaftlichen Kuß auf den Lippen brennen spürte.

Wenn er mich wirklich liebt, dachte sie, würde ich sogar das ungewisse Glück in Kauf nehmen. Er erweckt Gefühle in mir, von denen ich bisher nicht einmal geträumt habe und für die ich bereit bin, das Risiko einzugehen.

Sie seufzte. Sie hatte keinerlei Beweis, daß er sie wirklich liebte. Vielleicht spielte er mit ihr nur, wie er überhaupt mit den Menschen und dem Leben zu spielen schien.

Bei dem Gedanken lehnte sich alles in ihr auf.

Wenigstens mit ihr würde er nie wieder sein Spiel treiben! Mit ihr nicht!

Sie hatte sich aber auch albern benommen. Wenn sie nicht so gehemmt und von Vorurteilen belastet gewesen wäre, wenn sie sich so natürlich gegeben hätte, wie die Frauen hier es taten, vielleicht hätte er sie dann wirklich geliebt.

Aber auch diese Überlegung brachte ihr keinen Trost, sondern veranlaßte sie lediglich dazu, sich noch größere Vorwürfe zu machen.

Das Wichtigste war, daß sie sich fest in der Hand hatte und sich nichts anmerken ließ. Sie mußte ihrer Tante erklären, daß sie jetzt wirklich wieder abreisen müsse. Sobald sie Moskau gesehen hatte, mußte sie nach England zurückkehren.

Sie durfte nichts überstürzen, sonst dachte er, daß sie Angst habe. Zurückhaltend, reserviert und ernst mußte sie sich geben und ihm zeigen, daß sie sich nichts aus ihm machte und nicht bereit war, sich wieder auf irgendwelche Tändeleien einzulassen.

Als sie endlich zur Ruhe kam und einschlief, war der Vormittag bereits weit fortgeschritten, und die Prinzessin unterhielt sich im Blauen Salon mit Stephen Strong.

„Ja, *mon ami*", sagte sie. „Sie müssen mitkommen. Wir fahren in einer Woche, am Tag nach meinem Ball. Tamara soll Moskau kennenlernen, und dann machen wir noch einen Abstecher nach Milaslaw. Olga und Sonja, ihr Mann und der Engländer, Serge Grenkow und Valonne kommen ebenfalls mit. Es wird unter Garantie sehr lustig."

Stephen Strong lächelte. „Dann kann ich wohl nicht nein sagen, verehrte Prinzessin."

Sie waren alte, sehr gute Freunde, und die Prinzessin war daran gewöhnt, alles mit Stephen Strong zu besprechen.

„Vera, sagen Sie mir die Wahrheit", forderte er jetzt die alte Dame auf. „Wie stehen die Dinge? Gestern abend hatte ich plötzlich ein sehr ungutes Gefühl."

Die Prinzessin sah ihn fragend an. „Ein ungutes Gefühl?" wiederholte sie.

„Ich meine, Gritzko ist ein außergewöhnlicher Mensch. Weder ein typischer Russe noch ein typischer sonst etwas. Er ist er selbst und besitzt die größte Anziehungskraft, die ein Mann haben kann."

„Na und?"

„Sie haben ja keine Ahnung, in was für einer einfachen, weltfremden Atmosphäre Ihre Nichte aufgewachsen ist."

„Stephen, bitte!" Die Prinzessin tippte ungeduldig mit der Fußspitze gegen ein Tischbein. „Reden Sie nicht um den Brei herum, sondern sagen Sie ehrlich, was Sie meinen."

„Ich meine, daß sie ihm absolut nicht gewachsen ist."

„Aber warum sollte sie ihm denn gewachsen sein? Ihr Männer seid manchmal wirklich mühsam." Die Prinzessin stieß einen Seufzer aus. „Begreifen Sie denn nicht, daß ich inständig hoffe, die beiden verlieben sich ineinander? Wenn Tamara ihn nicht immer wieder vor den Kopf stoßen und sich so sperren würde, wäre das alles kein Problem."

„Gestern abend hat es aber gar nicht so ausgesehen, als würde sie sich sperren", widersprach Stephen Strong. „Und wenn Gritzko lediglich den Narren spielt und es nicht ernst meint, dann ist das ein Jammer."

„Sie wollen damit aber doch nicht sagen, daß ich Schicksal spielen und mich einschalten soll, oder?"

„Nur insofern, als Sie ihm nicht unbegrenzt Gelegenheit geben sollten. Erinnern Sie sich an die Saison in London mit Alexis und ihrer Mutter und was dabei herausgekommen ist."

Die Prinzessin schlug beide Hände vor die Augen. „Stephen!" rief sie. „Wie können Sie so grausam sein und dieses Thema anschneiden! In diesem Fall liegt es doch völlig anders. Beide sind frei, und es ist mein sehnlichster Wunsch, daß Tamara und Gritzko ein Paar werden." Sie schüttelte den Kopf und nahm die Hände von den Augen. „Nein, Stephen, ich glaube, Sie irren. Ich finde, man soll die beiden möglichst oft zusammenbringen. Gritzko wird erkennen, was für eine reizende und wertvolle Person sie ist, und sie werden schließlich die Streitereien aufgeben. Ihre Reserviertheit und ihr Widerstand treiben ihn zum Wahnsinn. Manchmal weiß ich wirklich nicht, wie er jetzt wieder darauf reagiert.“

„Das weiß man nie bei ihm“, pflichtete ihr Stephen Strong bei und lächelte. „Hauptsache, es endet nicht mit einem gebrochenen Herzen und Tränenfluten.“

„Sie tun mir unrecht, Stephen“, erwiderte die Prinzessin. „Gerade Sie müßten doch wissen, welche Bande zwischen Tamara und mir bestehen. Können Sie sich denn nicht in meine Lage versetzen? Ich will doch bloß ihr Glück.“

„Verzeihen Sie, liebe Vera“, sagte Stephen Strong und küßte ihr die Hand. „Ich wollte Ihnen nicht unrecht tun und kann mich in Ihre Lage versetzen. Ich möchte Sie lediglich bitten, nicht zu vergessen, zu welchen Leidenschaften ein Mann fähig ist, erst recht ein Gritzko.“

„Ihr beurteilt ihn alle falsch, den guten Gritzko“, entgegnete die Prinzessin. „In seinem tiefsten Herzen ist er der edelste Mensch, den ich kenne.“

Als Tamara am späten Nachmittag herunterkam, war der Salon voll mit Gästen, die mit der Prinzessin zusammen Tee tranken. Ihr Entschluß war gefaßt, und sie war wieder völlig ruhig.

Sie hatte sich vorgenommen, das Spiel intelligent zu spielen, das hieß, dem Prinzen gegenüber kühl und gleichgültig aufzutreten und sich mehr auf Jack Courtray zu konzentrieren.

Als der Prinz schließlich mit Lord Courtray in den Salon kam, begrüßte sie beide völlig ungezwungen, hakte sich mit einer freundlichen, familiären Geste bei Jack ein, entführte ihn zu einem Sofa und plauderte mit ihm.

Lord Courtray hatte die Angewohnheit, bei einem Gespräch mit einer Frau diese unverwandt und mit hingebungsvollem Blick anzusehen. Selbst mit seiner Mutter war das nicht anders.

Als Tamara den Blick einmal wie rein zufällig durch den Salon gleiten ließ und das Gesicht Prinz Milaslawskis sah, erschrak sie.

Sie durfte keinesfalls der Anlaß zu einem Streit zwischen dem Prinzen und dem guten alten Jack werden, der nun wirklich unschuldig war. Gleichzeitig jedoch empfand sie es als eine gewisse Genugtuung, ihn leiden zu sehen.

Tamara hielt es für klug, aufzustehen und sich zu jemand anders zu gesellen. Sie setzte sich neben Stephen Strong.

„Haben Sie schon von unserer Reise nach Moskau gehört, Mr. Strong?“ fragte sie. „Meine Tante sagt, daß Sie unter allen Umständen mitkommen müssen. Ich freue mich wahnsinnig darauf.“

„Ich habe Ihrer Tante bereits versprochen mitzukommen“, entgegnete Stephen Strong. „Es wird bestimmt nett.“

„Gritzko!“ rief in dem Moment die Prinzessin. „Wie viele Werst sind es von Moskau bis Milaslaw?“

Der Prinz hatte allein am Kamin gestanden und hatte Tamara beobachtet. Jetzt kam er dazu und setzte sich.

„Dreißig Werst, Tantchen“, antwortete er. „Ich schlage vor, daß wir mit Schlitten fahren und Sie Ihre Dienerschaft einen Tag vorher losschicken.“

Er wandte sich an Tamara, die ganz in der Unterhaltung mit Stephen Strong aufzugehen schien.

„Haben Sie gut geschlafen, Madame?“ fragte er.

Sein Blick war spöttisch, und das ärgerte Tamara, doch sie ließ es sich nicht anmerken.

„Besser denn je, vielen Dank, Prinz. Es war ein sehr interessanter Abend. Langsam finde ich mich in die Sitten und Gebräuche Ihres Landes ein. Am auffälligsten finde ich Ihr ritterliches Verhalten Frauen gegenüber, besser gesagt, ausländischen Frauen gegenüber."

Sie sahen sich in die Augen und schienen die Waffen zu prüfen.

Tamara wußte es nicht, aber in keinem Moment hatte sie ihn mehr gereizt als jetzt.

Sie hatte das Thema bereits auf ihre Abreise gebracht, aber die Prinzessin hatte nur gelacht und es nicht ernst genommen. Dem Prinzen gegenüber tat sie jetzt so, als sei es beschlossene Sache.

„Von Moskau aus reise ich dann zurück", sagte sie.

„Ist es Ihnen bei uns zu kalt?" fragte der Prinz.

„Eher zu kontrastreich", antwortete Tamara. „Einmal friert es, und im nächsten Augenblick taut es."

„Sie werden trotzdem bleiben", erklärte der Prinz und lehnte sich mit einem provozierenden Lächeln in seinem Sessel zurück.

„Das werde ich nicht."

„Es wird sich herausstellen. Sie haben noch eine ganze Reihe von Dingen zu lernen."

„Was für Dinge?"

Der Prinz zündete sich eine Zigarette an. „Die Möglichkeiten unbekannter Feuer, die Sie entfacht haben", antwortete er. „Erinnern Sie sich an die Nacht in der Wüste? Ich habe Ihnen damals ein arabisches Sprichwort aufgesagt: Begegnet euch vor Einbruch des Tages, aber scheidet nicht früher. Der Tag ist noch nicht angebrochen, Madame, und ich habe im Moment nicht die geringste Absicht, ihn anbrechen zu lassen."

Sein allwissender Ton ärgerte sie. Aber sie liebte ihn und hatte jetzt schon Angst vor dem Abschied. Daß er jedoch *im Moment* gesagt hatte, verletzte ihren Stolz.

Unentwegt mußte er auf die eine oder andere Weise andeuten, daß seine Lust und Laune an erster Stelle standen.

„Sie sind offensichtlich der Meinung, Prinz", erwiderte sie, „daß Sie die Welt nach Ihrem Gutdünken regieren können."

„Nicht die Welt", sagte er. „Aber die Teile davon, die ich haben will – wie Sie noch feststellen werden."

„Es wäre äußerst amüsant, wenn Sie sich in dem Punkt täuschen würden", entgegnete sie und wandte sich schnell den anderen zu.

Prinzessin Sonja war eben dazugekommen, und alles sprach über den Ball, der in der darauffolgenden Woche in diesem Haus stattfinden sollte. Es war das erste große Fest nach der Trauerzeit.

„Ich finde", sagte Prinzessin Sonja, „daß wir keine grellen Farben tragen sollten, aber gegen Weiß, Grau und ein blasses Violett ist bestimmt nichts einzuwenden."

Als die Gäste gegangen waren und Tamara sich zum Diner umzog, war sie mit sich zufrieden.

Der Prinz hatte sich weiter mit ihr unterhalten wollen, aber sie hatte sich einfach von ihm abgewandt, mit diesem und jenem ein paar Worte geredet und sich schließlich neben einen gutaussehenden Gardeoffizier gesetzt.

Alles war viel einfacher gewesen, als sie befürchtet hatte. Aber sie war auch nicht mit dem Prinzen allein gewesen. Dem allerdings konnte sie ja aus dem Weg gehen.

Während der nächsten drei Tage sah sie ihn nicht, doch sie dachte pausenlos an ihn und war von einer quälenden Unruhe erfaßt.

Am Abend des dritten Tages gingen sie wieder ins Ballett. Graf Valonne und Stephen Strong begleiteten sie.

In den Pausen kam Graf Varischkin, der junge Gardeoffizier, mit dem Tamara geplaudert hatte, als sie den Prinzen zum letztenmal gesehen hatte, in die Loge der Prinzessin.

„Bahnt sich da vielleicht etwas an?“ Die Prinzessin beugte sich zu Stephen Strong und sprach im Flüsterton. „Das sehe ich aber gar nicht gern. Tamara ist sonst doch so zurückhaltend und fast abweisend, aber mit Boris Varischkin flirtet sie ja fast. Glauben Sie, das gibt Komplikationen?“

Stephen Strong lächelte. „Das hängt ganz davon ab, wie sehr sich Gritzko darüber ärgert.“

„Gott sei Dank sind Gritzko und Boris gute Freunde“, stellte die Prinzessin fest.

„Auch die dickste Freundschaft zwischen zwei Männern wappnet nicht gegen Eifersucht, Prinzessin“, entgegnete Stephen Strong leicht zynisch.

„Ich bin heilfroh, daß wir nach Moskau fahren. Da gibt es keinen Boris, und ich werde dafür sorgen, daß Tamara und Gritzko möglichst viel zusammen sind. Ich halte das für das Beste.“

Stephen Strong, der in Petersburg kein eigenes Haus hatte und daher keine Gäste empfangen konnte, hatte nach dem Ballett im Cubat zum Souper geladen.

Als sie zu dem Séparée gingen, das für sie gerichtet war, öffnete ein Kellner eine Tür, und lautes Lachen und Gläserklirren drang auf den Gang.

„Ach Gritzko!“ rief eine schrille Frauenstimme.

Tamara brachte beim Souper kaum einen Bissen hinunter. Natürlich war es kein Verbrechen, daß sich der Prinz mit Halbweltdamen amüsierte, aber nach allem, was geschehen war, war ihr das einfach zuviel. Sie war angeekelt.

Von diesem Mann würde sie sich nie wieder küssen lassen. Und lieben würde sie ihn auch nicht mehr!

Wie schwach jedoch der menschliche Wille war! Nur körperliche Liebe ließ sich kontrollieren, aber nicht die Gefühle, die ein Geschenk des Himmels waren – oder auch der Hölle.

Daß der Mann, den sie liebte, im Augenblick vielleicht eine Frau küßte, die sich – im Gegensatz zu ihr – nicht viel dabei dachte, verletzte sie maßlos.

Doch der Prinz war unschuldig. Wenigstens in diesem Fall. Er war nicht der Gastgeber und war nur zufällig und erst vor einer Viertelstunde zu der Gesellschaft gestoßen. Die Vorspeise war kaum aufgetragen, als er hereinkam.

„Darf ich mitessen, Stephen?" fragte er. „Ich habe von Serge gehört, daß Sie alle hier sind. Ich bin eben erst aus Zarskoje zurückgekommen und habe einen Bärenhunger."

Natürlich freuten sich alle, ein Stuhl wurde dazugestellt und ein Gedeck gebracht.

Zum Glück saß der Prinz neben Tamaras Tante. Er richtete nicht einmal das Wort direkt an sie, und gegen Ende der Mahlzeit sehnte sie sich trotz aller Wut, Enttäuschung und Scham danach, mit ihm sprechen zu können.

Sie widmete ihre ganze Aufmerksamkeit Graf Varischkin, lächelte, strahlte und sprühte nur so vor angeblicher guter Laune.

Sie bemerkte, wie die Miene des Prinzen immer

finsterer wurde. Er liebte sie zwar nicht, aber eifersüchtig war er offensichtlich, und das war wenigstens etwas.

Während der nächsten drei Tage tauchte Prinz Milaslawski zu jedermanns Erstaunen überall auf.

Tamara und die Prinzessin begegneten ihm auf Schritt und Tritt. Die Prinzessin tat ihr Bestes, die beiden zusammenzubringen, doch Tamara richtete es so ein, daß er nicht ein einziges Mal mit ihr allein sprechen konnte. Sie versprühte ihren Charme nach allen Seiten, begegnete ihm jedoch kühl und reserviert.

Die finstere Miene des Prinzen wurde immer auffälliger.

Am Abend vor dem Ball im Hause der Prinzessin unterhielt sich Tamara bei einem Empfang mit Graf Valonne. Dieser brachte das Thema schon nach ein paar Sätzen auf Gritzko. Er sei in einer Laune, die jeder Beschreibung spotte, sagte Valonne. Er habe ihn vor etwas über einer Stunde im Klub getroffen.

„Falls Sie wirklich nach England zurückgehen, Madame“, fügte er hinzu, „müssen Sie damit rechnen, daß er Ihnen nachreist.“

„Das glaube ich nicht“, entgegnete Tamara und lachte. „Es ist ihm doch völlig egal, ob ich wegfahre oder bleibe. Wir existieren nicht füreinander.“

„Daß Sie sich da nicht täuschen“, widersprach Valonne. „Meiner Meinung nach können Sie von Glück reden, wenn Sie von hier wegkommen, ohne der Anlaß zu einem Duell oder dergleichen gewesen zu sein.“

„Zu einem Duell?“ wiederholte Tamara erschrocken. „Das wäre ja entsetzlich. Und obendrein höchst albern. Wieso denn? Ich dachte, man duelliert sich nicht mehr in zivilisierten Ländern. Abgesehen davon, warum sollte man sich meinetwegen streiten? Und wer schon? Sie wollen mir bloß angst machen, Graf Valonne."

„Hier in Rußland sind Duelle an der Tagesordnung – leider", entgegnete der Graf. „Gritzko hat sich bereits zweimal duelliert. Er hat keine streitsüchtige Natur, das ist es nicht, er läßt es lediglich nicht zu, daß jemand seine Pläne kreuzt oder sich in sein Spiel einmischt."

„In sein Spiel?" fragte Tamara. „Wie meinen Sie das?"

„Gritzkos Spiel?" Graf Valonne lachte. „Ich glaube, er liebt Sie glühend, Madame."

„Sie haben eine lebhafte Phantasie und erzählen mir lauter Unsinn", sagte Tamara und lachte nervös. „Ich werde mich hüten, mich durch Ihre Vorstellungen verwirren zu lassen."

In dem Moment gesellte sich Boris Varischkin zu ihnen, und nach einer Weile setzte sich Tamara mit ihm auf ein Sofa und war in eine Unterhaltung mit dem jungen Gardeoffizier vertieft, als der Prinz hereinkam.

Der Prinz betrachtete das Paar einen Moment, dann ging er wieder und suchte nach der Prinzessin Ardachew.

„Tantchen", sagte er, „bitte kommen Sie mit, ich möchte mit Ihnen sprechen."

Er führte sie in den Salon, in dem Tamara und Boris Varischkin saßen, und nahm mit ihr in der entgegengesetzten Ecke Platz.

„Sehen Sie sich das bitte an, Tantchen", sagte er. „Was hat das zu bedeuten?"

Die Prinzessin ließ ihr Lorgnon aufschnappen, um Zeit zu gewinnen, und hielt es vor die Augen.

„Nichts, mein Junge“, entgegnete sie schließlich. „Tamara amüsiert sich lediglich, wie jeder andere auch. Bist du etwa eifersüchtig, Gritzko?“

Er sah sie an. „Ja, ich glaube, ich bin eifersüchtig. Ich habe den Verdacht, daß ich Ihre Nichte liebe.“

„Warum heiratest du sie dann nicht?“ fragte die Prinzessin.

„Vielleicht werde ich das tun – falls sie mich nicht vorher zu irgendeiner Wahnsinnstat treibt. Ich weiß noch nicht, was ich machen soll. Vielleicht verkrieche ich mich in den Kaukasus, oder ich bleibe und bringe sie dazu, daß sie mich abgöttisch liebt und mir alles verzeiht, was ich tue.“ Sein Blick wurde immer leidenschaftlicher. „Wenn sie je meine Frau wird“, fuhr er fort, „dann wird sie ganz mir gehören. Ich werde es nicht zulassen, daß sie einen anderen Mann auch nur ansieht, geschweige denn Gedanken auf ihn verschwendet. Ich verlange ihre ungeteilte Liebe und werde sie auf Händen tragen.“

Die Prinzessin lehnte sich zurück und sah ihn an. Er trug die blaue Uniformjacke mit den dazugehörigen roten Hosen. Selbst sie, eine alte Frau und liebe Freundin, konnte sich vorstellen, wie göttlich es sein mußte, ihn als Liebhaber zu haben.

Der stolze Kopf in Anbetung gebeugt, die schmalen nervigen Hände – Tamara war nicht zu helfen, wenn sie auch nur einen Moment überlegte.

„Du wirst aber doch vorsichtig sein, Gritzko, nicht wahr?“ sagte sie. „Vergiß nicht, daß sie Engländerin ist. Sie ist an unser Temperament nicht gewöhnt.“

„Das wird einzig und allein von ihr selbst abhängen“, entgegnete Prinz Milaslawski. „Wenn sie so weitermacht wie bisher, weiß ich nicht, was ich tue. Und wenn nicht . . .“

„Wirst du anständig sein?“

„Vielleicht. Aber eines steht fest, Tantchen. Weder der Engländer noch Boris Varischkin kommen mir in die Quere.“

Im selben Moment sah Tamara hoch und bemerkte, daß sie von den beiden beobachtet wurde.

Und plötzlich ritt sie der Teufel.

Ein Duell. So ein Unsinn! Ihr Leben lang war sie korrekt und rücksichtsvoll gewesen. Warum sollte nicht sie auch einmal flirten? Nur so, zum Spaß.

Jack Courtray gesellte sich zu ihr und Boris Varischkin, und Tamara war fröhlich und geistvoll und strahlend wie nie zuvor. Schließlich kam auch noch Stephen Strong dazu, und die Prinzessin hätte sich nie in die fröhliche Runde eingeschaltet, hätte der Blick des Prinzen nicht Unheil verraten.

„Tamara“, sagte sie. „Wenn ich ehrlich bin, bin ich von gestern noch müde. Sollen wir nicht einmal vernünftig sein und relativ früh nach Hause gehen?“

Tamara stand sofort auf. Sie tat es gern.

„Aber natürlich, Tante Vera“, antwortete sie. „Auch ich bin froh, einmal früher ins Bett zu kommen.“

Prinz Milaslawski sprach ein paar Worte mit Stephen Strong, und Jack Courtray stellte sich zu ihnen. Die Damen verabschiedeten sich gerade.

„Besuchen Sie mich doch morgen, Jack“, sagte Tamara. „Ich möchte Ihnen den Brief von Tom vorlesen.“

Sie bedachte ihn mit einem strahlenden Lächeln und wandte sich an Graf Varischkin.

„Sie werden es morgen abend bereuen, daß Sie mich gebeten haben, die Masurka mit Ihnen zu tanzen“, sagte sie. „Ich kenne nicht eine Figur, freue mich aber trotzdem darauf.“

„Das ehrt mich, Madame", erwiderte der junge Gardeoffizier höflich und küßte ihr die Hand.

Während sie sich von den Gastgebern verabschiedeten, schien der Prinz plötzlich verschwunden zu sein. Sie trafen ihn jedoch in der Halle wieder.

Der Diener der Prinzessin wollte Tamara die Stiefel und den Pelzmantel reichen, doch der Prinz nahm ihm beides aus der Hand.

Tamara ließ sich wortlos vom Prinzen in die Stiefel und den Mantel helfen, während ihre Tante schon vorausging, weil sie das für ratsam hielt.

„Heute abend waren Sie dran, Madame", sagte der Prinz leise. „Aber die Götter meinen es oft gut mit mir, und meine Stunde wird kommen."

Tamara setzte eine trotzige, herausfordernde Miene auf und blickte ihm mitten ins Gesicht.

„Mag sie kommen", entgegnete sie. „Und nun wünsche ich Ihnen eine gute Nacht, *Monsieur le démon de Lermontow*!"

Sie machte auf dem Absatz kehrt und folgte ihrer Tante in den Wagen.

7.

Vierundzwanzig Stunden später erstrahlte das Haus der Prinzessin in vollem Lichterglanz. Die Nacht des Ardachew-Balls war angebrochen.

Die geladenen Gäste standen auf der Galerie und warteten auf die Ankunft des Großherzogs und eines Monarchenpaars, das auf der Durchreise in Petersburg war.

Tamara stand neben ihrer Patentante an der Treppe. Sie empfand ein seltsames Gefühl von Hochstimmung.

Sie hatte seit dem Vorabend nichts vom Prinzen Milaslawski gehört. Ein Gast nach dem anderen war die Treppe heraufgekommen – auf jeder sechsten Stufe stand steif wie ein Standbild ein Diener –, aber der Prinz fehlte.

Die Hoheiten trafen mit ihrem Gefolge ein, aber auch hier weder Prinz Milaslawski noch ein Graf Varischkin.

Das mußte nicht unbedingt etwas zu bedeuten haben, aber es war verwunderlich.

Der Eröffnungstanz wurde getanzt, und von den beiden war immer noch keine Spur zu sehen. Es folgte ein Walzer, dann ein zweiter, und Tamara merkte, wie ihre Angst wuchs.

Die Prinzessin machte sich ernsthafte Sorgen.

Tamara konnte sich nicht amüsieren. Sie tanzte, sie ging am Arm ihrer Partner durch die Salons und plauderte, doch nie war sie bei der Sache.

Schließlich forderte sie Jack Courtray auf. Sie tanzten nur ein paar Takte, dann blieben sie stehen und betrachteten die Szene.

„Warum ist eigentlich Prinz Milaslawski nicht da?“ fragte Jack Courtray nach einer Weile.

„Wenn ich das wüßte“, entgegnete Tamara. „Jack, bitte tu mir den Gefallen und hör dich bei den anderen um. Serge Grenkow könnte etwas wissen oder Stephen Strong oder Sascha Basmanow. Allerdings habe ich die drei auch noch nicht gesehen.“

„Es scheint dir ja sehr am Herzen zu liegen“, stellte Jack Courtray lachend fest. „Gut, ich werde mein Bestes tun.“

Zum nächsten Tanz wurde Tamara von Graf Valonne aufgefordert.

„Bei der Masurka werde ich wohl oder übel zusehen müssen“, sagte Tamara lachend und beobachtete dabei den französischen Diplomaten aus dem Augenwinkel. „Ich hatte sie Graf Varischkin versprochen, aber er ist bisher noch nicht aufgetaucht. Wissen Sie zufällig, warum er nicht gekommen ist?“

„Habe ich Ihnen nicht gesagt, Madame, daß Sie von Glück reden können, wenn Sie von hier wegkommen, ohne der Anlaß zu irgendwelchen Auseinandersetzungen gewesen zu sein?“ Graf Valonne lächelte geheimnisvoll.

„Was wollen Sie damit andeuten?“ fragte Tamara und wurde blaß. „Bitte, spannen Sie mich nicht auf die Folter.“

„Ich will gar nichts andeuten“, entgegnete der Graf. „Ich nehme lediglich an, daß Sie heute abend nur einen von den beiden sehen werden. Wer es sein wird, steht noch in den Sternen.“

„Soll das heißen, daß die beiden eine Auseinandersetzung haben?“ fragte Tamara mit zitternder Stimme.

„Nein, das soll es nicht heißen“, antwortete Graf Valonne ruhig. „Darf ich auch noch um den nächsten Tanz bitten?“

„Natürlich“, erwiderte Tamara und drehte sich wie benommen im Walzertakt durch den Saal.

Als der Tanz vorüber war, suchte sie nach ihrer Patentante und Stephen Strong. Die Prinzessin saß bei den Hoheiten und durfte nicht gestört werden, und von Stephen Strong keine Spur.

Die nächste halbe Stunde wurde Tamara zur Qual. Blaß und mit einem starren Lächeln auf den Lippen ließ sie sich zum Tanz führen.

Kurz vor Beginn der Masurka kam Prinz Milaslawski in den Ballsaal.

Tamara glaubte, die Knie würden ihr den Dienst versagen, und setzte sich schnell auf einen Stuhl.

Ein Stein fiel ihr vom Herzen. Was auch immer geschehen war, es war ihm nichts passiert.

Sie beobachtete, wie er zwei Stühle zurechtstellte und dann auf sie zukam.

„*Bon soir*, Madame“, sagte er. „Sind Sie bereit, mich als Ersatz für Graf Varischkin zu akzeptieren?“ Er verbeugte sich höflich. „Er ist, ich bedaure, es Ihnen mitteilen zu müssen, leicht indisponiert und hat mich gebeten, ihn zu entschuldigen und für ihn einzuspringen.“

Tamara zögerte einen Moment. Sie glaubte, kein Wort herauszubringen. Doch sie zwang sich, ihre Angst und Neugierde zu bezwingen.

„Das tut mir aber sehr leid“, antwortete sie schließlich krampfhaft fröhlich. „Ich hoffe, es ist nichts Ernstes. Er ist ein so netter Mann, Graf Varischkin.“

„Nein, es ist nichts Ernstes. Sollen wir uns auf unsere Plätze begeben? Sie sind nicht weit von Olga und Ihrem Freund entfernt.“

Tamara ging am Arm des Prinzen durch den Saal.

„Ich flehe dich an, Tamara“, flüsterte ihr die Prinzessin zu, als sie an dieser vorbeigingen, „nimm dich heute abend mit Gritzko in acht.“

Als sie saßen und auf den Beginn des Tanzes warteten, stellte Tamara fest, daß der Prinz sehr blaß war. Seine Augen schienen zu glühen. Irgend etwas mußte passiert sein, aber Tamara wagte keine Fragen zu stellen.

Sie sagte kaum etwas, und auch er war wortkarg. Er machte den Eindruck, als habe er sein Ziel erreicht und sei nicht bereit, sich weiterhin auf irgendeine Weise zu engagieren.

„Haben Sie sich gut amüsiert, seit ich Sie zum letztenmal gesehen habe?“ fragte er irgendwann in desinteressiertem Ton. „Was haben Sie unternommen? Ich war wieder in Zarskoje und konnte daher Tantchen nicht besuchen.“

„Ja, das haben wir, vielen Dank, Prinz“, entgegnete Tamara. „Jack und ich waren in der Eremitage. Ehe wir nach Hause zurückkehren, müssen wir noch möglichst alles besichtigen.“

Gritzko sah sie an. „Ich finde ihn sehr nett, Ihren Freund Jack. Er ist ein anständiger Kerl. Wenn er allerdings zu viel mit Ihnen zusammen ist, dann sollen ihn die Bären fressen.“

„Sie sind widerlich, Prinz“, sagte Tamara verärgert. „Der liebe alte Jack. Was hat er denn schon getan?“

„Nichts - hoffe ich. Aber das kommt vielleicht noch. Wir müssen jetzt anfangen.“

Sie standen auf und wurden vom Zeremonienmeister in die Mitte gerufen.

Während der Prinz die jeweiligen Figuren korrekt, aber mit offensichtlicher Unlust über sich ergehen ließ, wuchsen Tamaras Spannung und Angst.

Als sie wieder saßen, schwiegen sie verbissen. Der Prinz forderte sie nicht erneut auf, tanzte aber auch nicht mit einer anderen Dame. Erst als sich Serge Grenkow näherte, sprang er in die Höhe und verbeugte sich.

„Darf ich bitten, Madame?“ sagte er.

Tamara stand auf und legte die Hand auf seinen Arm. Sie sah, wie der Prinz zusammenzuckte und das Gesicht schmerzlich verzog.

„Tut Ihnen etwas weh?“ fragte Tamara.

„Keine Spur“, entgegnete der Prinz und lachte.

Als sie wieder saßen, nahm sich Tamara ein Herz.

„Prinz“, drängte sie. „Ich bin überzeugt davon, daß Graf Varischkin nicht wirklich krank ist. Irgend etwas muß geschehen sein. Bitte, sagen Sie mir die Wahrheit!“

„Ich wollte nicht, daß Sie mit Varischkin die Masurka tanzen – das ist die Wahrheit“, entgegnete der Prinz.

„Und wie haben Sie es verhindert?“ erkundigte sich Tamara und wurde blaß.

„Was kümmert Sie das?“ fragte der Prinz zurück. „Machen Sie sich Sorgen um Boris?“

Er sah sie an, und der Ausdruck auf seinem Gesicht erschreckte sie. Es war eine Mischung aus Schmerz und Triumph.

„Nein“, entgegnete sie. „Meine Sorgen gelten nicht Graf Varischkin, sondern dem, was Sie getan haben.“

Prinz Milaslawski lehnte sich zurück und lachte. „Ich kann mich um mich selbst kümmern, Madame. Vielen Dank.“

Die Bemerkung ärgerte Tamara. Sie schwieg und stierte vor sich auf den Boden.

Beim Souper schien der Prinz inmitten seiner Freunde wieder der alte zu sein. Er unterhielt sich, lachte und trank eine Menge.

Und Tamara war wie versteinert.

Gegen vier Uhr morgens wurden die Hoheiten verabschiedet. Alles hatte sich wieder auf der Galerie versammelt. Tamara, die neben Prinz Milaslawski an der Marmorbalustrade stand, sah plötzlich, wie Blut aus dem Ärmel des Prinzen sickerte und in seinen Handschuh lief.

Auch er bemerkte es, stieß ein ungeduldiges Stöhnen aus und verschwand.

Der Rest der Ballnacht war für Tamara eine Qual. Sie stand ihn nur mit Mühe durch.

Sie versuchte pausenlos, ihre Tante zu finden, schaffte es jedoch erst gegen Morgen.

„Tamara, mein Kind“, sagte diese sofort. „Du scheinst zum Umfallen müde zu sein. Geh doch zu Bett. Das Fest geht bestimmt bis weit in den Tag hinein.“

In ihrem Ton lag etwas, das keine Fragen zuließ.

Es blieb Tamara also nichts anderes übrig, als sich zurückzuziehen. Sie schickte die müde Zofe ins Bett und saß noch lange am Kamin und überlegte.

Was war geschehen?

Was hatte das Blut zu bedeuten?

Am Tag darauf sahen sich Tamara und ihre Tante erst kurz vor dem Mittagessen, als diese in Tamaras Zimmer kam. Tamara lag noch im Bett.

Die Prinzessin setzte sich zu ihr.

„Tamara“, sagte sie ernst. „Ich habe gestern abend lange mit Valonne gesprochen und heute in aller Frühe schon nach Serge Grenkow geschickt; aber er ist nicht gekommen, also habe ich noch einmal mit Valonne verhandelt. Ich habe mir gestern abend die größten Sorgen um Gritzko gemacht. Dir kann man keine Schuld geben, aber ...“

„Bitte, Tante Vera, sag doch endlich, was passiert ist!“

„Sie haben gestern vor dem Ball offensichtlich alle bei Gritzko zu Abend gegessen“, erklärte die Prinzessin. „Wie du weißt, waren Boris und Gritzko schon immer sehr gute Freunde. Bei diesem Essen hat Gritzko offensichtlich zu Boris gesagt, daß er die Masurka mit dir zu tanzen wünsche und Varischkin zurücktreten solle. Sie hatten wohl alle ordentlich Champagner getrunken, auf alle Fälle hat sich Boris geweigert und gesagt, man solle doch die Münze entscheiden lassen, wer den ersten Schuß in der Dunkelheit abgibt."

„O Gott!" stöhnte Tamara.

„Unsere jungen Männer sind manchmal sehr draufgängerisch, Tamara, das ist leider nun einmal so. Wenn sie an einem Punkt angelangt sind, wo sie nicht mehr weiterwissen beziehungsweise zu keiner vernünftigen Entscheidung kommen können, spielen sie eine Art Blindekuh, nur daß das Spiel im Dunkeln stattfindet. Wie dem auch sei, Gritzko und Boris haben den anderen lachend verkündet, daß sie eine Streitfrage zu klären und beschlossen hätten, dies im dunklen Ballsaal zu tun."

„Und?" drängte Tamara.

„Valonne und die anderen waren Augenzeugen", fuhr die Prinzessin fort. „Ich weiß nicht, welcher Abstand ausgemacht worden ist, das ist auch unwesentlich. Auf alle Fälle wurde ausgemacht, daß auf ein gewisses Zeichen hin beide schießen und aufgegeben wird, wenn nach dem dritten Schuß keiner von beiden getroffen ist."

„Wie entsetzlich!" rief Tamara. „Wegen so einer lächerlichen Sache!"

„Valonne hat erzählt", berichtete die Prinzessin weiter, „daß bereits beim ersten Schuß beide getroffen waren und alle in den Ballsaal gestürzt kamen. Die Verletzungen schienen nicht weiter schlimm zu sein, Gritzko und Boris haben sich die Hand geschüttelt und gelacht. Valonne hat sich dann verabschiedet, weil er rechtzeitig auf dem Ball sein wollte. Heute morgen jedoch hat er erfahren, daß Boris doch ziemlich empfindlich an der Schulter verletzt ist und deshalb nicht kommen konnte. Gritzko hat lediglich einen Streifschuß abbekommen, sie haben ihn verbunden, und er ist dann gekommen, wie du weißt."

Tamara war so weiß wie ihr Kopfkissen. „Du kannst dir nicht vorstellen, wie unangenehm mir das alles ist, Tante Vera", beteuerte sie verzweifelt. „Ich habe doch bloß zu Graf Varischkin gesagt, daß ich mich auf den Tanz mit ihm freue. Prinz Milaslawski ist ein unmöglicher Mensch. Laß mich bitte nach Hause fahren."

„Aber Tamara", sagte die Prinzessin. „Wozu wäre das denn gut? Wenn du plötzlich nicht mit nach Moskau, sondern statt dessen nach Hause fährst, dann wird geredet. Wir wollen doch schließlich einen Skandal vermeiden und nicht heraufbeschwören. Von denen, die dabei waren, wird keiner reden, also wird auch dein Name nicht mit hineingezogen. Wenn wir wie verabredet unsere Reise nach Moskau antreten, wird kein Gerede entstehen. Gritzko und Boris haben sich wieder versöhnt, und wenn es doch bekannt wird, daß sie aufeinander geschossen haben, so wird jeder glauben, daß der Alkohol daran schuld war." Sie stieß einen Seufzer aus. „Lassen wir bitte alles beim alten", fuhr sie fort. „Wir fahren nach Moskau, du bleibst anschließend noch eine Weile in Petersburg und fährst dann nach England zurück."

„Und wer gibt mir die Garantie, daß er nicht plötzlich auf Jack schießt?" fragte Tamara in ihrer Verzweiflung. „Oder daß er sonst irgendeine Wahnsinnstat begeht? Er liebt mich doch nicht wirklich, Tante Vera, sondern bildet sich vielleicht nur ein, mich zu lieben. Lediglich gewinnen will er und seinen angeknacksten Stolz befriedigen. Aber ich gebe nicht nach. Nie im Leben!"

Die Prinzessin wußte nicht, was sie sagen sollte, denn Gritzkos Gefühle waren ihr selbst ein Rätsel. Sie konnte ihrer Nichte unmöglich sagen, daß sie sich täusche und Gritzko sie wirklich liebe. Sie konnte lediglich versuchen, die Situation zu glätten.

„Tamara“, sagte sie daher, „tu mir den Gefallen und sei auf der Moskaureise nett zu ihm und reize ihn nicht. Wir wollen doch, daß alles friedlich verläuft, oder nicht?“

Tamara vergrub das Gesicht in den Kissen. Sie war zu englisch, um dramatisch zu sein und zu schluchzen.

„Tante Vera“, sagte sie mit zitternder Stimme. „Warum ist dieser Mann so grausam? Warum behandelt er mich so miserabel? Ich ertrage das nicht und lasse es auch nicht zu.“

Die Prinzessin seufzte. „Tamara, verzeih mir, daß ich dich frage, aber ich muß es tun: Liebst du Gritzko?“

Tamara wurde rot bis unter die Haarwurzeln. Daß sie Gritzko liebte, war ihr Geheimnis, und nicht einmal ihrer Tante, die sie von Herzen liebgewonnen hatte, würde sie es verraten.

„Nein“, antwortete sie. „Ich hasse ihn.“

Nachdem die Prinzessin ihre Nichte noch einmal gebeten hatte, alles zu tun, um irgendwelche Mißstimmungen zu vermeiden, ging sie, und Tamara nahm sich vor, möglichst wenig mit Gritzko zu sprechen und ihn zu ignorieren.

In Moskau und Milaslaw würde es keinen Boris und damit auch keinen Grund zur Eifersucht geben. Sie würde sich an Stephen Strong halten und sich auf die Sehenswürdigkeiten dieser Stadt konzentrieren.

Der Zug nach Moskau fuhr um neun Uhr abends ab, und man hatte beschlossen, um sieben Uhr bei Prinzessin Ardachew zu Abend zu essen und dann gemeinsam zum Bahnhof zu fahren.

Von der Schießerei schien nichts nach draußen gedrungen zu sein. Der Prinz war noch sehr blaß, aber die Stimmung war friedlich.

Die fünf Schlafwagenabteile für die insgesamt zehn Reisenden lagen nebeneinander, und die Prinzessin und Tamara zogen sich unter dem Vorwand großer Müdigkeit zurück, als der Zug noch kaum den Bahnhof verlassen hatte.

So weit, so gut. Als Tamara jedoch eine Stunde später im oberen Bett lag und gerade am Einschlafen war, klopfte der Prinz an der Tür des Abteils. Da die Prinzessin glaubte, die Fahrkarten sollten kontrolliert werden, öffnete sie und streckte den Kopf hinaus.

„Aber Gritzko!" hörte Tamara ihre Tante sagen. „Warum störst du uns denn?"

„Weil ich Sie bitten wollte, mir den Arm zu verbinden, Tantchen", entgegnete der Prinz. „Ich habe gestern meine Pistole reinigen wollen, und plötzlich ging ein Schuß los. Es hat mich bloß am Oberarm erwischt. Nicht weiter schlimm, aber leider blutet die Wunde noch immer."

„Du liebe Güte!" sagte die Prinzessin voll Mitleid. „Laß mich einmal sehen. Ich muß bloß schnell meinen Morgenrock anziehen, dann kannst du hereinkommen."

Tamara hielt es für angebracht, sich in ihr Kissen zu vergraben und sich schlafend zu stellen.

„So, jetzt!" hörte sie die Prinzessin sagen, dann kam der Prinz in das kleine Abteil.

Er trug völlig ungeniert den gestreiften Schlafanzug, in dem sie ihn schon einmal gesehen hatte, und lehnte sich ebenso ungeniert mit der Schulter an den Rand ihres Bettes.

Tamara war so nervös und innerlich aufgewühlt, daß sie fast ein hysterisches Lachen ausgestoßen hätte. Sie konnte sich gerade noch beherrschen.

„Tantchen", hörte sie ihn sagen, „das machen Sie fabelhaft." Er senkte die Stimme. „Wie hübsch Ihre Nichte ist, Tantchen. Und wie selig sie schläft. Darf ich sie küssen? Ich wollte sie schon immer küssen, aber sie ist so streng, und da habe ich mich nicht getraut. Darf ich, Tantchen?"

Seine Stimme klang einschmeichelnd und verführerisch zugleich.

„Gritzko!" entgegnete die Prinzessin. „Ich bitte dich, was soll das denn! Und halte endlich still. Du bist wie ein kleiner Junge."

Sie wechselte über in Russisch. Ihr Ton klang streng, aber der Prinz lachte bloß.

Der Verband war angelegt, und er stellte sich auf die Zehenspitzen und betrachtete Tamara.

„Ich darf sie also nicht küssen?" sagte er. „Sie sind grausam, Tantchen. Sie schläft so fest und würde es bestimmt nicht merken. So ein Kuß wäre gerade die richtige Medizin gegen mein Fieber."

„Schluß jetzt!" entgegnete die Prinzessin. „Bitte geh, ehe ich ärgerlich werde."

Der Prinz küßte ihr die Hand und zog sich zurück.

„Ich nehme an, du hast dich nur schlafend gestellt, Tamara", sagte die Prinzessin, als sich die Tür hinter ihm geschlossen hatte. „Ist das nicht ein unmöglicher Mensch? Was soll man bloß mit ihm machen? Das Schlimme ist, daß ich ihm nie lange böse sein kann. Ich würde etwas darum geben, wenn ihr euch lieben und heiraten würdet, dann hätten wir anderen wenigstens auch unsere Ruhe und unseren Frieden."

„Ihn heiraten?" rief Tamara und fuhr in die Höhe. „Das wäre eine Katastrophe."

Die Prinzessin schüttelte den Kopf. „Da täuschst du dich, mein Kind. Gritzko kann der liebste und rücksichtsvollste Mensch der Erde sein."

8.

Am nächsten Morgen kamen sie in Moskau an. Sie verbrachten den ganzen Tag damit, die Sehenswürdigkeiten dieser Stadt zu besichtigen. Tamara verhielt sich nach außen hin gleichgültig gegen Gritzko, doch in ihrem Inneren sehnte sie sich danach, sich mit ihm zu unterhalten und alles mit ihm gemeinsam genießen zu können.

Der Prinz war freundlich, aber auch nicht mehr.

Der Himmel hing voll Schnee, doch es schneite zum Glück nicht, und sie konnten im offenen Schlitten von Bauwerk zu Bauwerk fahren.

Nach dem Abendessen wollte Prinz Milaslawski unbedingt noch ausgehen und sich amüsieren. Obwohl es ihm niemand ansah, kochte sein wildes Blut. Tamaras ablehnendes Verhalten trieb ihn zum Wahnsinn, doch er berherrschte sich und zwang sich zu einer Fröhlichkeit, die selbst die Ängste der Prinzessin zerstreute.

Trotzdem hielt sie es für klug, nicht weiter von Lokal zu Lokal zu ziehen, sondern darauf zu bestehen, daß Tamara und sie früh zu Bett gingen.

„Der Tag war anstrengend", sagte sie, „und morgen vormittag wollen wir ja noch einmal so manches besichtigen und dann nach dem Mittagessen nach Milaslaw fahren."

Und so zogen sich die Damen zurück.

„Wenn du nichts dagegen hast, Tamara", sagte sie, als sie in ihren Zimmern waren, „lassen wir die Verbindungstür auf. Ich bin in Hotels immer etwas nervös."

Am Tag darauf war der Himmel grau und düster, und die Stadt wirkte bedrohlich auf Tamara. Die goldenen Kuppeln und die ungewöhnlichen Farben der Bauten hatten etwas Fahles, Dekadentes an sich.

Nach einem frühen Mittagessen sahen sie von ihren Fenstern aus, wie drei Schlitten vorfuhren. Zwei gehörten Gritzko, der andere Prinz Solentzew-Zasiekin, der einen Landsitz in der Nachbarschaft hatte.

Die Schlitten des Prinzen waren eine Pracht. Die Kutscher in ihren blaugrünen Uniformen mit den Pelzkappen und den Pelzstiefeln sahen aus, als wären sie einem Wintermärchen entsprungen. Das eine Gespann von Pferden war pechschwarz, das andere grau.

„Welchen Schlitten bevorzugen Sie, Madame?" fragte der Prinz, als sie alle vor dem Hotel standen. „Wollen Sie von schwarzen oder von grauen Pferden gezogen werden?"

„Lieber von den schwarzen", antwortete Tamara. „Ich liebe schwarze Pferde, und diese sind besonders schön."

„Gut", entgegnete der Prinz. „Wenn Sie dann bitte

mit Stephen und mir einsteigen, Tantchen. Wir sind dann der leichtere Schlitten und kommen schneller an. Madame Loraine und Olga, Sie fahren bitte mit Serge und Jack. Und Valonne steigt bei Sonja und ihrem Mann ein. Ist das allen recht?“

Es war allen recht, und Tamara genoß die Schlittenfahrt durch die tiefverschneite Landschaft.

Nach etwa drei Stunden, während der letzten fünf Meilen waren sie an einem Wald entlanggefahren, der sich endlos bis zum Horizont zu erstrecken schien, kamen sie endlich zu den Toren von Milaslaw.

Dahinter lag ein wilder Park, in dessen Mitte das Haus stand. Es war sehr groß, sein Dach wurde von ionischen Säulen gestützt, während die Seitenflügel jüngeren Datums zu sein schienen als der Mittelbau und irgendwie nicht dazu paßten.

Als Tamara, Jack Courtray, Olga und Serge aus dem Schlitten stiegen, wurden sie von Prinz Milaslawski empfangen und in eine Halle geführt, die erstaunlich kahl und nüchtern war.

Eine breite Treppe führte in den ersten Stock. Dort hatte sich die Dienerschaft aufgestellt, um die Gäste ehrerbietig zu empfangen.

Tamara und die anderen wurden in einen großen, hellen Salon geführt, in dem ein großer Kachelofen gemütliche Wärme verbreitete.

Auf dem Boden lagen Bären- und Wolfsfelle, und der Raum machte einen angenehm bewohnten Eindruck, obwohl er eine Mischung aus Eleganz und Vernachlässigung war.

Der teure Brokatbezug eines Sofas zum Beispiel war an den Armlehnen zerschlissen. Auf einem Tisch standen kostbare Zigaretten- und Tabaksdosen aus Silber, während auf einem anderen grobe Holzwerkzeuge lagen.

An einer Wand stand eine schmale Kommode mit einem Aufsatz, in dem hinter Glas eine Sammlung von Bonbonnieren aus der Zeit Katharinas aufbewahrt war. Das Glas war zersprungen.

Tamara hatte plötzlich das Gefühl, daß Welten zwischen England und ihrer Familie und diesem Haus lagen, und fragte sich, wie wohl die Räume waren, in denen sie schlafen sollten.

„Tantchen", sagte der Prinz, nachdem sie sich je nach Wunsch mit einer Tasse Tee oder einem Wodka aufgewärmt hatten, „würden Sie bitte die Rolle der Gastgeberin übernehmen und den Damen ihre Zimmer zeigen? Wenn es Ihnen recht ist, essen wir um acht, also bleibt vorher noch genug Zeit für eine Runde Bridge."

Er begleitete sie durch eine Reihe von Salons, ein Billardzimmer und eine Bibliothek, bis sie schließlich zu einer Treppe kamen, die einen Stock höher führte.

Hier verließ er sie und ging zu den Herren zurück.

„Dieses Haus könnte wirklich schön sein", sagte die Prinzessin zu ihrer Nichte, als sie allein waren. „Es fehlt eben jemand, der sich um alles kümmert."

Ihre beiden Zimmer waren durch eine Tür verbunden. Sie waren voll von schweren, vergoldeten Möbelstücken und dicken Polstersesseln mit blauen Brokatbezügen, doch in jedem stand ein modernes Messingbett. Sie waren groß und warm und nach dem pompösen Geschmack von 1878 eingerichtet.

Als sie zurück in den Salon kamen, war der Bridgetisch bereits gerichtet, und Sonja, Serge Grenkow und Valonne warteten nur noch auf die Prinzessin, um endlich anfangen zu können.

Daß Gritzko und Tamara nicht spielen wollten, schien für alle eine Tatsache zu sein, über die man gar nicht erst diskutierte.

„Ich sollte wirklich besser Bridge spielen können", bemerkte Tamara, als sie mit dem Prinzen allein dastand. „Ich glaube, ich schaue zu."

Er packte sie am Handgelenk. „Nein, das werden Sie nicht tun", sagte er. „Sie können mich nicht einfach hier stehenlassen. Das gehört sich nicht. Sie setzen sich jetzt hier mit mir zusammen und wir unterhalten uns."

Seine Augen funkelten, und Tamara spürte, wie die Wut in ihr hochstieg.

Sie stieß ein krampfhaftes Lachen aus. „Es soll also wieder einmal alles nach Ihrem Kopf gehen, Prinz", erwiderte sie. „Daß ich wirklich zusehen will, ist Ihnen völlig egal."

„Allerdings!"

„Gut. Wenn Sie mich zwingen, dann setze ich mich in Gottes Namen zu Ihnen, aber ich sage kein Wort."

Damit setzte sie sich steif auf die vorderste Kante eines Sessels und faltete die Hände im Schoß.

Er zündete sich eine Zigarette an, und Tamara merkte, daß seine Hände leicht zitterten, aber als er sprach, klang seine Stimme ruhig.

„Sie haben es sich selbst zuzuschreiben, Madame", sagte er, „wenn ich auf meine Weise reagiere. So, wie Sie mich heute behandelt haben, lasse ich mich nicht länger behandeln."

„Und wie werden Sie reagieren, Prinz?" fragte Tamara spöttisch. „Wollen Sie mich erwürgen oder Ihren Hunden zum Fraß vorwerfen?"

Sie lächelte herausfordernd. Sie hatte seinetwegen derart gelitten, daß es ihr richtig guttat, ihn zu reizen, wenn sie nicht das Risiko lief, daß ein völlig unschuldiger Mann plötzlich ihretwegen zum Duell gefordert wurde.

„Ich weiß noch nicht, wie ich reagieren werde“, antwortete der Prinz. „Ich wollte Sie lediglich warnen. Wenn Sie mich auf die Palme bringen, werden Sie dafür büßen.“

Heute abend kann er nichts unternehmen, überlegte Tamara, und morgen fahren wir zurück nach Petersburg.

Und wieder einmal ritt sie der Teufel. Bisher hatte immer er die Oberhand gehabt, und nun war sie an der Reihe. An diesem Abend würde sie ihm all das zurückzahlen, was sie erduldet und ertragen hatte.

„Sie sind eben ein Barbar, Prinz“, sagte sie lächelnd. „Allerdings sollten Sie nicht vergessen, daß die Zeiten Iwans des Schrecklichen vorbei sind – Gott sei Dank.“

Er blieb völlig ruhig und setzte sich. Der Unterton in seiner Stimme hätte ihr jedoch eine Warnung sein sollen.

„Sie verlassen sich auf Dinge, die Sie nicht kennen, Madame“, entgegnete er.

Sie betrachtete ihn durch halbgeschlossene Lider und mußte feststellen, daß er außergewöhnlich blaß war.

In ihrem wohlgeordneten Leben war sie nie mit wirklicher Leidenschaft in Berührung gekommen. Sie hatte nicht die geringste Ahnung, welche Tiefen sie aufwühlte. Sie wußte lediglich, daß sie ihn glühend liebte und ihr Stolz zu sehr verletzt war.

„Gott sei Dank bin ich nächste Woche wieder in England“, sagte sie, „und muß mich nicht mit Dingen herumschlagen, die ich nicht kenne.“

„Wie angenehm."

„Eben. Meine Tante und ich haben alles schon arrangiert. Ich fahre am Mittwochabend mit dem Nordexpreß."

„Und morgen ist Freitag, das heißt, es bleiben Ihnen noch fünf Tage", stellte der Prinz fest. „Da müssen wir uns aber anstrengen und Ihnen noch mehr Szenen aus unserem unzivilisierten Land zeigen. Vielleicht bleiben Sie dann doch für ganz."

Tamara stieß ein geringschätziges Lachen aus und tippte mit der Spitze ihres Schuhs gegen den Sockel des Kachelofens.

„Ich werde genau das tun, wozu ich Lust habe, mein lieber Prinz", entgegnete sie. „Und Sie werde ich ganz bestimmt nicht fragen, ob ich nach Hause fahren darf oder nicht."

Seine Augen glühten. Er saß völlig ruhig in seinem Sessel, wirkte aber wie ein Raubtier, das seine Beute belauerte.

Tamara konnte sich nicht mehr zurückhalten. Sie ließ sich nun einmal keine Vorschriften machen! Und so stichelte sie weiter, bis sie ihn am Siedepunkt hatte.

Schließlich legten die anderen Gäste die Karten weg, und sie zogen sich dann alle zum Abendessen um.

Als sie etwa eine Stunde später um einen großen rustikalen Tisch versammelt waren, war der Prinz wieder wie ausgewechselt. Er unterhielt seine Gäste mit so viel Geist und Mutterwitz, daß zeitweilig alles schallend lachte. Tamara saß zwischen ihm und Prinz Solentzew-Zasiekin, sprach jedoch lediglich mit ihm, wenn es sich nicht vermeiden ließ und sie gezwungen war, seine Fragen zu beantworten. Das jedoch tat sie einsilbig und mit gelangweilter Miene.

Als die Mahlzeit beendet war, hatte sie den Prinzen wieder soweit: Er kochte vor Wut und Verzweiflung.

Man ging wieder in den Salon, wo der Kaffee gereicht wurde. Tamara setzte sich neben Stephen Strong auf ein Sofa und verwickelte ihn in eine Konversation über Architektur. Sie spürte sehr wohl, daß ihn dieses Thema nicht sonderlich interessierte, ließ aber nicht locker. Als der Prinz sich dazugesellte und sich in das Gespräch einschalten wollte, stand sie einfach auf und setzte sich zu Prinzessin Sonja.

Und so ging es den ganzen Abend. Der Prinz versuchte es immer wieder, und jedesmal ließ sie ihn wie einen Schuljungen stehen. Sie ging dabei zwar so geschickt vor, daß die anderen nichts davon merkten und man ihr auch keine Unhöflichkeit hätte nachsagen können, quälte den Prinzen aber trotzdem bis aufs Blut.

Sie liebte ihn zu sehr, deshalb mußte sie dieses grausame Spiel spielen. War sie nur einen Augenblick freundlich – wonach ihr in Wirklichkeit zumute war –, dann war es um sie geschehen. Dann gab sie nach und warf sich ihm in die Arme.

Aber schließlich schaffte er es doch, sie einen Moment allein zu sprechen.

„Tamara", sagte er mit leidenschaftlichem Blick. „Sie wissen genau, daß Sie mich zum Wahnsinn treiben. Halten Sie das für klug?"

„Ob mein Verhalten Ihnen gegenüber klug ist oder nicht, das ist mir völlig egal, Prinz", entgegnete Tamara. „Ich habe Ihnen vorhin schon gesagt, daß ich tue, was ich will, und betone das jetzt noch einmal."

Sie setzte eine möglichst gleichgültige Miene auf.

„Dann muß es wohl so kommen", sagte der Prinz, wandte sich von ihr ab und richtete nicht ein einziges Mal mehr das Wort an sie.

Auch dieser Tag war anstrengend gewesen, und gegen ein Uhr trennte man sich. Zum Erstaunen aller versuchte Gritzko nicht, die Nacht hinauszuzögern, sondern wünschte seinen Gästen einen angenehmen Schlaf.

Im Grunde ist das alles sehr traurig, dachte Tamara, ehe ihr die Augen zufielen.

Sie liebte Prinz Milaslawski glühend, würde in ein paar Tagen nach England zurückfahren und empfand es weiß Gott nicht als Trost, daß sie ihn gequält hatte. Wieviel lieber hätte sie glücklich in seinen Armen gelegen!

Der Prinz hatte währenddessen Iwan, seinen Majordomus, kommen lassen.

„Sorgen Sie dafür", ordnete er an, „daß morgen in aller Frühe in der Jagdhütte am See der Ofen angezündet wird. Und Futter für die Pferde muß hingeschafft werden. Ich wünsche, daß Stepan den Schlitten mit den schwarzen Pferden fährt. Auch das braune Gespann soll bereitstehen, aber beide dürfen erst vorfahren, wenn der Schlitten mit den grauen Pferden schon abgefahren ist."

„Sehr wohl, Hoheit", erwiderte der Majordomus und wollte gehen, doch der Prinz hielt ihn zurück.

„Noch etwas", sagte er. „Ich möchte, daß Champagner, Wodka und etwas zu essen da sind. Kalt genügt. Die Schlösser müssen frisch geschmiert werden, und den Schlüssel zur Hütte stecken Sie dann in die Tasche meines Pelzmantels."

„Sehr wohl, Hoheit", erwiderte der Majordomus nochmals, und diesmal konnte er gehen.

Als sich die Tür hinter ihm geschlossen hatte, zündete sich der Prinz eine Zigarette an, zog den Vorhang auf und blickte in die Nacht hinaus.

Sie war pechschwarz. Der Schnee hing immer noch am Himmel.

Perfekt, dachte Prinz Milaslawski.

Tamara war am nächsten Tag gerade aufgestanden, als ihre Tante in ihr Zimmer kam.

„Ich fürchte, es wird einen schrecklichen Schneesturm geben", sagte sie. „Wir sollten früh unten sein und Gritzko vorschlagen, daß wir noch vor dem Mittagessen losfahren."

„Ich bin in einer halben Stunde fertig", entgegnete Tamara. „Warte bitte auf mich, Tante Vera."

„Mache ich", sagte die Prinzessin und ging in ihr Zimmer zurück.

Sie kam nach einer halben Stunde wieder, und sie gingen zusammen nach unten.

„Dieser kurze Abstecher nach Milaslaw war doch wirklich nett, oder?" fragte sie Tamara. „Ich bin ja so froh, daß sich alles wieder eingerenkt hat und du nicht im Streit mit Gritzko auseinandergehst. Ein einziges Mal hatte ich gestern abend das Gefühl, daß du ihn schon wieder geärgert hast, aber anschließend war er so freundlich und zuvorkommend, daß ich wieder ganz beruhigt war."

„Konntest du auch sein, Tante Vera", beteuerte Tamara.

Das Frühstück wartete, als sie unten ankamen. Die Prinzessin nahm den Prinzen beiseite, erklärte ihm ihre Befürchtungen und bat um einen frühen Aufbruch. Der Prinz war einverstanden.

Und die anderen ebenfalls. Die Prinzessin und

Stephen Strong sollten zuerst losfahren, gefolgt von Sonja, ihrem Mann, Valonne und Serge. Tamara, Olga und Lord Courtray sollten mit dem Prinzen fahren.

Den ganzen Vormittag über war Prinz Milaslawski die Freundlichkeit in Person. Man hätte sich keinen besseren Gastgeber wünschen können. Er war zuvorkommend und nett zu jedermann, und die Prinzessin, die immer in Habachtstellung war, war voll beruhigt, während Tamara fast bedauerte, so ablehnend und reserviert gewesen zu sein.

Lediglich Graf Valonne war mißtrauisch, behielt jedoch seine Gedanken für sich.

Während des Mittagessens, das auf elf Uhr vorverlegt worden war, begann es leicht zu schneien. Man beeilte sich.

In der allgemeinen Unterhaltung und dem fröhlichen Lachen war es niemandem aufgefallen, daß der Prinz nicht ein einziges Mal das Wort direkt an Tamara gerichtet hatte. Obwohl sie eigentlich froh darüber hätte sein sollen, war sie traurig und irgendwie deprimiert.

„Olga und dein englischer Freund sind ja dabei, mein Kind“, flüsterte ihr die Prinzessin zu, als der erste Schlitten abfuhr. „Du brauchst keine Angst zu haben. Und wir anderen sind ja auch noch da.“

Anschließend fuhr der zweite Schlitten mit Prinzessin Sonja los. Es war bitter kalt. Das schwarze Gespann ließ noch auf sich warten, und der Prinz schlug den beiden Damen vor, doch in den warmen Salon zurückzugehen und dort zu warten.

„Finden Sie es nicht auch etwas lächerlich“, fragte er Lord Courtray, als er mit ihm allein war, „daß wir uns zu viert zusammendrängen müssen? Ich lasse noch mein braunes Gespann anschirren. Der Schneesturm wird es in sich haben, und da ist es gut, wenn die Schlitten leichter sind.“

Jack war völlig seiner Meinung. Bei einer Fahrt zu viert, fand er, waren genau zwei zuviel. Gräfin Olga und er – das entsprach seinen Vorstellungen.

Und so erklärte er sich einverstanden, und er und der Prinz rauchten eine Zigarette, bis der Schlitten mit den braunen Pferden vorfuhr.

„Ich hole Olga“, schlug der Prinz vor und traf sie – besser hätte es sich nicht ergeben können – vor dem Salon.

„Ich hatte meinen Muff in meinem Zimmer vergessen“, sagte sie.

Der Prinz erklärte ihr, daß es in diesem Schneesturm günstiger sei, die Schlitten nicht so schwer zu beladen, schließlich wolle man doch die armen Pferde nicht zu sehr strapazieren, und Gräfin Olga hatte absolut nichts dagegen, mit Jack Courtray allein zu fahren, im Gegenteil.

Und so ließ sie sich mit ihm zusammen in die Felldecken hüllen, ohne erst noch einmal zurückzugehen und mit Tamara zu sprechen. Gritzko hatte ihr alles so plausibel gemacht, daß sie ohne die geringste Unruhe abfuhr.

„In zehn Minuten überholen wir Sie sowieso“, sagte er. „Das schwarze Gespann ist mit Abstand das schnellste.“

Währenddessen saß Tamara im Salon neben dem Kachelofen und machte sich schon Gedanken, warum man sie wohl so lange allein ließ. Warum brauchte Olga denn so lange?

Doch dann ging die Tür auf, und der Prinz kam herein.

„Wir müssen losfahren", sagte er in reserviertem, höflichem Ton. „Es schneit bereits wie wahnsinnig, und da es für die Pferde zu strapaziös wäre, vier Personen ziehen zu müssen, habe ich Olga und Jack schon vorausgeschickt."

Tamaras Herz drohte stehenzubleiben. Ihrem Gesicht war jedoch nichts anzumerken, und sie hatte die Angst auch schnell wieder unter Kontrolle.

Der Prinz half ihr in den Schlitten, rückte ihr nicht zu nahe und blieb auch während der Fahrt ruhig und zurückhaltend.

Es fiel kaum ein Wort. Sie verkrochen sich beide tief in ihre Pelze.

Wenn Tamara nicht so damit beschäftigt gewesen wäre, ihren Wollschal so zu wickeln, daß er ihr nicht ständig vom Kopf rutschte, wäre ihr aufgefallen, daß sie nach Verlassen des Parks nach rechts abbogen und nicht den Weg nahmen, auf dem sie gekommen waren.

Irgendwann sprach der Prinz ein paar Sätze mit dem Kutscher. In russisch natürlich. Der Mann schüttelte den Kopf, und weiter ging die Fahrt, die immer beschwerlicher zu werden schien. Außer der Spur, die sie hinterließen, war der Schnee unberührt.

„Stepan sagt, daß wir nicht weiterkönnen", erklärte der Prinz. „Wir müssen uns in die Jagdhütte flüchten und dort abwarten, bis das Schlimmste vorüber ist."

Wieder überkam Tamara die Angst.

„Aber wo sind denn die anderen?" fragte sie. „Ich sehe gar keine Spuren."

„Bei dem Sturm sind sie in fünf Minuten verweht. Sie kennen unser Wetter nicht."

Tamara versuchte, die Angst zu unterdrücken. Erstens war sie kein Feigling, und zweitens gab es überhaupt keinen Grund für diese Angst.

Ihr Begleiter war die Ruhe selbst, und sie fror bereits so, daß es nur angenehm sein würde, wenn man die Fahrt einen Moment unterbrechen konnte.

Sie befanden sich inzwischen in einem Wald, und hier war wenigstens der Weg etwas deutlicher zu erkennen.

Schließlich kamen sie zu einem zugefrorenen See, an dessen Ufer eine grobe Blockhütte stand. Kurze Zeit später hielt der Schlitten vor dieser Hütte.

Tamara fror derart, daß sie gleichgültig zusah, als der Prinz einen Schlüssel aus der Tasche zog und die Tür aufschloß. Erst später kam ihr der Gedanke, daß dies doch recht seltsam war.

Wie dem auch sei, der Prinz half ihr beim Aussteigen. Ihre Glieder waren so steif, daß sie fast hingefallen wäre. Doch er stützte sie, und kurz darauf war sie in einem großen, warmen Raum.

In der einen Ecke stand ein Ofen, an den Wänden hingen Felle und Geweihe.

In der Mitte stand ein einfacher Eichentisch, dahinter eine Bank und an den Seiten Eichensessel mit Armlehnen. Dann gab es noch einen Eckschrank, eine sehr breite Couch mit Lederkissen und auf dem Fußboden Bärenfelle.

Der Prinz ersparte sich irgendwelche Erklärungen, warum Feuer im Ofen brannte, sondern half Tamara lediglich schweigend aus dem Mantel. Er hängte ihn an einen Haken und zog den eigenen aus.

Darunter trug er einen braunen Rock und sah wie immer fabelhaft aus. Nachdem er Tamara erklärt hatte, wie man Holz nachlegte, blickte er kurz aus dem Fenster und verließ dann den Raum.

Der schnelle Übergang von der Eiseskälte in diese angenehme Wärme bewirkte, daß Tamaras Ohren kribbelten und wie taub waren. Trotzdem glaubte sie zu hören, wie draußen der Schlüssel im Schloß umgedreht wurde.

Sie sprang auf, lief zur Tür und vergewisserte sich. Das Herz schlug ihr bis zum Hals hinauf. Ihre Angst war grenzenlos.

Der Prinz hatte sie eingeschlossen!

Im ersten Moment konnte sie nicht einmal nachdenken und überlegen, was sie tun sollte. Doch sie hatte sich relativ schnell wieder unter Kontrolle und wurde ruhiger.

Sie ging zum Fenster, sah jedoch sofort, daß hier keine Möglichkeit war. Es waren Doppelscheiben, die nicht zu öffnen waren.

Eine zweite Tür gab es nicht, also blieb Tamara nichts anderes übrig, als sich wieder zu setzen und abzuwarten.

Vielleicht wollte der Prinz sie nur in Angst und Schrecken versetzen, vielleicht gab es aber auch einen Grund, warum die Tür verschlossen sein mußte. Es war ja durchaus möglich, daß es Bären in dieser gottverlassenen Gegend gab.

Die Minuten kamen ihr wie Stunden vor, bis sie endlich Schritte hörte. Der Schlüssel wurde erneut umgedreht, und Gritzko kam zurück in den Raum.

Er schloß nach sich ab und steckte den Schlüssel in die Tasche. Dann sah er sie an, und Tamara wich das Blut aus den Lippen.

Sein Blick sagte alles.

Tamara klammerte sich an der Platte des Tisches

fest. Sie liebte diesen Mann mit jeder Faser ihres Körpers, aber *das* nicht!

Sie war weiß wie die Wand. Ihre Augen waren groß und voll Angst.

Langsam kam der Prinz näher, packte sie und riß sie an sich.

„So“, zischte er. „Jetzt wirst du endlich mir gehören! Jetzt wirst du büßen für die Stunden der Qual, die du mir angetan hast!“

Er küßte ihre zitternden Lippen voll Leidenschaft und Wildheit.

Panik überfiel Tamara. Dieser Mann, den sie liebte und dem sie vielleicht alles geschenkt hätte, erfüllte sie nur noch mit grauenvoller Angst.

Aber sie würde es nicht geschehen lassen. Lieber sterben als sich ihm hingeben!

„Gritzko!“ flehte sie. „Bitte . . . bitte nicht!“

Aber sie wußte, daß er ihre Worte nicht einmal gehört hatte.

In seinen Augen glühte die Leidenschaft eines wilden Tieres. Sie wußte, daß er sie töten würde, wenn sie sich ihm widersetzte. Aber lieber tot als diese Erniedrigung.

Er schob sie einen Moment von sich, dann hob er sie auf die Arme.

In ihrer Wahnsinnsangst packte ihn Tamara an seinem verwundeten Arm. Der Prinz zuckte zusammen, und sie nützte den Bruchteil einer Sekunde und entwand sich ihm.

Mit derselben Bewegung riß sie ihm die Pistole aus dem Gürtel, stand aufrecht da und hielt sich die Mündung an die Schläfe.

„Wenn Sie mich noch einmal berühren, schieße ich“, drohte sie und sank erschöpft auf die Bank.

Der Prinz machte einen Schritt auf sie zu, und sofort stützte Tamara den Ellbogen auf die Tischplatte und hielt die Pistole wieder an den Kopf.

Und so starrten sie einander an, der Jäger und die Gejagte.

„Das war sehr klug von Ihnen, Madame", sagte der Prinz nach einer Weile. „Aber glauben Sie, daß es etwas nützt? Wenn es Ihnen Spaß macht, können Sie die ganze Nacht so sitzen bleiben, aber ehe der Tag anbricht, nehme ich Sie."

Tamara gab ihm keine Antwort.

Irgendwann warf er sich auf die Couch und zündete sich eine Zigarette an. Sein Blick war voll Wildheit und Grausamkeit.

„Mein Gott", sagte er. „Von Anfang an eine einzige Qual. Ihre albernen, prüden Ängste und dieses Getue! Aber trotzdem habe ich Sie geliebt. Wahnsinnig geliebt. Seit der Nacht, wo ich Ihre süßen Lippen geküßt habe, bin ich durch tausend Höllen gegangen. Als Sie mich gestern abend wieder abblitzen ließen, habe ich beschlossen, daß Sie mit Gewalt mir gehören sollen. Jetzt ist es nur noch eine Frage der Zeit."

Tamara sah ihn an, ohne mit der Wimper zu zukken, und schwieg.

„Keine Macht der Erde kann Sie retten", fuhr der Prinz fort. „Wenn Sie sich anders verhalten hätten, wie glücklich hätten wir sein können! Aber das ist nun vorbei. Der Teufel hat gewonnen."

Immer noch schwieg Tamara. Stille trat ein, Stunden vergingen, und die Wärme machte Tamara müde.

Schließlich schwand das Licht des Tages, und der Prinz stand auf und zündete eine Petroleumlampe an und stellte sie auf ein Regal. Er öffnete die Tür des Schürlochs und ließ die Glut des Feuers in den Raum fluten.

Dann setzte er sich wieder.

Tamara litt Höllenqualen. Die Hitze und die sauerstoffarme Luft verwirrten ihr den Kopf. Alles um sie herum schien zu verschwimmen. Deutlich sah sie nur noch Gritzkos Augen.

Die Stille schien zu schreien. Das Stöhnen des Windes draußen, die einzige Unterbrechung, war eine Wohltat. Die Fenster waren längst zugeweht.

Waren sie hier unter dem Schnee begraben? Mein Gott, sie mußte gegen diese Schwere und Müdigkeit ankämpfen.

Ein seltsames Bild. Die rustikale Hütte mit den Fellen und Geweihen. Die blonde, zierliche Frau in der eleganten Seidenbluse, bewaffnet und bereit, sich eine Kugel in den Kopf zu jagen.

Und ihr gegenüber, wie zu Stein erstarrt, der blendend aussehende Mann, der nur auf den Moment wartete, wo er sie brutal zu dem zwingen wollte, was sie ihm verweigert hatte.

Glut aus dem Ofenloch, der Schein einer Petroleumlampe, das Stöhnen des Windes und Schnee – nichts als Schnee.

Irgendwann rutschte Tamara der Ellbogen vom Tisch.

Der Prinz sprang sofort auf, doch Tamara hatte sich schon wieder aufgerichtet und die Waffe wieder in Position gebracht.

Prinz Milaslawski zuckte mit den Schultern und legte sich auf die Couch.

Der Gedanke, gleich zu schießen und damit dem grausamen Spiel ein Ende zu machen, überfiel Tamara. Doch der Instinkt ihrer Jugend hielt sie davon ab, und Selbstmord war eine Sünde.

Wieder eine Stunde schlich in den Abend hinein, und Tamara glaubte, es nicht mehr durchstehen zu können.

Lichtflecke zuckten wie Blitze vor ihren Augen ... Das mußte Gritzko sein, der auf sie zukam.

Sie stieß einen erstickten Schrei aus und versuchte, den Abzug durchzuziehen, aber ihre Hand war eingeschlafen und ihre Finger versagten ihr den Dienst.

Die Pistole fiel auf die Tischplatte.

Das war das Ende. Nun würde er gewinnen!

Ein Stöhnen entrang sich ihrer Brust, und sie fiel vornüber.

Der Prinz war mit einem Satz von der Couch aufgesprungen. Er nahm Tamara in die Arme und trug sie in die Mitte des Raums.

Dort blieb er stehen, um seinen Triumph zu genießen.

Ihr kleiner Kopf, von dessen seidenweichem Haar die Pelzkappe gefallen war, lag hilflos an seiner Brust.

Das pathetische, blasse Gesicht mit den kindlichen Zügen, die langen gebogenen Wimpern – der Prinz beugte den Kopf und küßte die blutlosen Lippen. Doch plötzlich fuhr er zurück, und alle Leidenschaft wich von ihm.

Er sah Tamara eine Weile an, dann trug er sie zur Couch und legte sie vorsichtig auf die Kissen. Sie rührte sich nicht. Großer Gott! War sie tot?

Von panischer Angst gepackt, legte er das Ohr an ihre Brust. Ihr Herz schien nicht zu schlagen.

In seiner Not riß er ihre Bluse auf und horchte noch einmal. Doch, jetzt hörte er ein ganz schwaches Geräusch.

Sie lebte!

Er zog ihr die Stiefel aus und rieb ihre kleinen Füße mit den Seidenstrümpfen. Langsam schien wieder etwas Farbe in ihre blassen Wangen zurückzukehren. Und schließlich stieß sie ein leises Stöhnen aus und bewegte den Kopf, ohne die Augen zu öffnen.

Sie hatte die Besinnung wiedererlangt, aber sie schlief.

Plötzlich brachen die Fesseln seiner wilden Leidenschaft. Er kniete sich neben die Couch, und Tränen rollten ihm über das Gesicht.

„Meine Douschka!“ flüsterte er. „Mein Täubchen. Großer Gott – und ich wollte dir Gewalt antun.“

Er stand auf, schaltete den Ventilator über dem einen Fenster ein, ging zum Tisch, nahm die Pistole und steckte sie in den Gürtel. Dann kniete er sich wieder neben Tamara und küßte ihr die Füße.

„Schlaf, meine Prinzessin“, sagte er leise und schlich sich auf Zehenspitzen aus dem Raum.

9.

Das Licht war grau, als Tamara erwachte. Die Petroleumlampe brannte noch, aber durch den obersten Rand der Fensterscheibe drang Tageslicht in den Raum.

Wo war sie? Was war geschehen? Etwas Grauenvolles, aber was?

Dann sah sie die zerrissene Bluse, und mit einem wilden Schmerz fiel die Erinnerung über sie her.

Sie fuhr in die Höhe und stellte fest, daß sie in Strümpfen war, taumelte und fiel auf die Couch zurück.

Die schreckliche Gewißheit, so glaubte sie zumindest, überkam sie. Gritzko hatte gewonnen, und sie war erniedrigt.

Die ganze Erziehung ihrer Jugend brach über sie herein. Von allen Sünden war die, die Gritzko ihr angetan hatte, die größte.

Sie war geschändet. Sie, eine stolze Engländerin! Sie bedeckte das Gesicht mit den Händen.

Sie stöhnte und warf sich hin und her. Wo war die Pistole? Sie mußte ihrem Leben ein Ende machen.

Sie suchte überall, aber die Waffe war weg.

Schließlich hockte sie sich mit angezogenen Beinen in die Ecke. Ihre Schande und Verzweiflung waren so groß, daß sie glaubte, sich nicht mehr bewegen zu können.

Und so fand Prinz Milaslawski sie vor, als er zurückkam.

Sie sah mit einem jämmerlichen Blick zu ihm auf und zog instinktiv die Bluse über der Brust zusammen.

Er wußte sofort, was sie dachte, und die unerklärliche Seite seines Charakters veranlaßte ihn dazu, einen Entschluß zu fassen.

Erst wenn sie freiwillig in seinen Armen lag und ihm ihre Liebe freiwillig schenkte, sollte sie die Wahrheit erfahren!

Mit ernstem Gesicht kam er auf sie zu. Sein Ausdruck war undurchdringlich. Ebenso sein Blick.

Tamara hielt seine Miene für Siegerstolz, schlug die Hände vor das Gesicht und schluchzte.

Ihre Tränen taten ihm weh, und er hätte ihr fast gesagt, daß sie sich irrte, doch im selben Moment sah sie zu ihm auf, und er blieb hart.

Nicht, solange sie in der Verfassung war. Er würde

sie nie davon überzeugen können und dann endgültig verlieren.

Tamara machte ihm keine Vorwürfe. Sie saß nur da, eine jämmerliche kleine Gestalt, in die äußerste Ecke der Couch zurückgezogen.

„Der Schneesturm ist vorüber", sagte er ruhig. „Wir können weiterfahren. Ich habe inzwischen die Anweisung gegeben, die Prinzessin verständigen zu lassen, damit sie sich keine Sorgen macht."

Da Tamara keine Anstalten machte aufzustehen, streckte er die Hand aus, um ihr aufzuhelfen. Bei seiner Berührung schauderte sie zusammen und brach erneut in Tränen aus.

Wo war all ihr Stolz geblieben? Er lag zertrampelt im Staub.

„Sie sind müde und hungrig, Madame", sagte der Prinz. „Außerdem sind hier ein Spiegel und ein Kamm und eine Bürste."

Er öffnete die Tür des Eckschranks und holte die Sachen heraus.

„Sie wollen sich sicher zurechtmachen, während ich etwas zu essen hole."

„Aber ich kann mit dieser Bluse doch nicht vor die anderen treten!" rief Tamara, wurde rot und senkte den Blick.

Statt ihr zu erklären, wie es dazu gekommen war, verließ der Prinz schnell den Raum. Was hätte er darum gegeben, hätte er ihr die Tränen der Angst aus den Augen küssen dürfen, doch er hatte sich gerade noch zurückhalten können.

Er hatte den Raum kaum verlassen, als Tamara aufsprang, zum Schrank lief und nach Nadel und Faden suchte. Wenigstens die anderen sollten nicht wissen, welche Schande ihr angetan worden war.

Zum Glück waren nur die Knöpfe abgerissen, und das ließ sich leicht reparieren.

Sie fand Nadel und Faden und fand auch die Knöpfe, zog die Bluse aus und machte sich sofort an die Arbeit.

Mit fiebriger Hast nähte sie und sah immer wieder voll Angst zur Tür. Schließlich war die Bluse wieder in Ordnung, sie zog sie an, steckte die Brosche fest und frisierte sich vor dem kleinen Spiegel.

Als sie fertig war, setzte sie sich auf die Bank und überlegte. Äußerlich war ihr von dem, was geschehen war, nichts mehr anzusehen. Aber nichts konnte den Aufruhr beseitigen, der in ihrem Innern tobte.

In ihr war eine Welt zusammengebrochen.

Als der Prinz zurückkam, brach ihm bei ihrem hilflosen Anblick schier das Herz. Wortlos stellte er das Essen auf den Tisch, schnitt ihr mundgerechte Bissen zurecht und bat sie schließlich, doch etwas zu sich zu nehmen.

Tamara tat es.

Der Prinz goß ihr ein Glas Champagner ein und gab es ihr in die Hand. Tamara trank ihn genauso mechanisch, wie sie gegessen hatte. Schließlich sagte sie, sie sei jetzt bereit. Man könne weiterfahren.

Sie hatte sich bemüht, kühl und herablassend zu wirken, doch es war ihr nicht gelungen.

Mein Gott, dachte der Prinz, wie würde ich mich jetzt fühlen, wenn ich es wirklich getan hätte.

Mit kühler Höflichkeit half er ihr in den Pelzmantel. Wie auf der Fahrt am Tag zuvor gab er sich wieder zurückhaltend und schweigsam.

Doch Tamara hatte plötzlich das Gefühl, das schreckliche Geheimnis, das sie hegte, müsse sie erdrücken. Vielleicht war doch alles bloß ein böser Traum.

Sie wollte sprechen, und der Prinz sah es ihr an und wartete auf das, was sie zu sagen hatte, aber die Worte erstarben ihr auf den Lippen, denn ihr Blick war zufällig auf die Pistole in seinem Gürtel gefallen.

Ein Schaudern durchlief sie, und sie ballte die Hände zu Fäusten.

Der Prinz zog seinen Pelzmantel an und öffnete die Tür.

Der Schlitten stand bereit. Stepan hielt die Zügel, er machte ein Gesicht, als sei nichts Ungewöhnliches geschehen.

Der Prinz half Tamara in den Schlitten, breitete die Felldecken über sie und stieg selbst ein.

Die Pferde zogen an.

„Ich habe Ihrer Tante ausrichten lassen", erklärte der Prinz nach einer Weile, „daß wir im Schnee stekkengeblieben sind und in einem Bauernhaus Unterschlupf gefunden haben."

Tamara schwieg.

„Gleich nach dem Wald kommt tatsächlich ein Bauernhof", fuhr der Prinz fort. „Die Leute, die dort wohnen, sind sehr nett und aufgeschlossen. Sie werden erzählen, daß es wohlig warm war in der Küche dieser einfachen Russen und daß Sie eine passable Nacht verbracht haben."

Tamara nickte lediglich.

Dann folgte Schweigen.

Die durchdringende Kälte und der Champagner, den sie ziemlich schnell in sich hineingetrunken hatte, wirkten lähmend auf ihre Gedanken, und sie schlief ein.

Der Prinz merkte es, zog sie näher zu sich, legte vorsichtig ihren Kopf an seine Schulter und wickelte die Decken fest um sie. Mit Augen, die voll zärtlicher Liebe waren, bewachte er ihren Schlaf.

Mehrmals wachte sie für einen kurzen Moment auf, schrak zusammen und wich von ihm weg, doch dann fielen ihr gleich wieder die Augen zu.

Und so vergingen die Stunden, und sie näherten sich allmählich Moskau.

Kurz vor dem Hotel wachte Tamara endgültig auf. Sie erschrak, setzte sich aufrecht und schwieg.

Die anderen erwarteten sie voll Ungeduld.

„Mein armes Kind!“ rief die Prinzessin. „So eine lästige Unterbrechung. Ausgerechnet dir mußte das passieren! Diese Schneestürme sind etwas Entsetzliches. Wir sind gerade noch durchgekommen, aber die arme Olga und dein englischer Freund haben die Fahrt auch unterbrechen müssen, stell dir vor.“

„Tatsächlich“, sagte Tamara, weil ihr nichts Besseres einfiel.

„Ja“, erklärte die Prinzessin. „Sie haben im zweiten Dorf in einer ganz primitiven Hütte Zuflucht gefunden. Für euch vier ist das leider eine sehr wenig erfreuliche Erfahrung gewesen.“

Der Prinz mußte sich schnell abwenden, denn das Glitzern in seinen Augen sollte niemand sehen. Manchmal konnte das Schicksal doch auch sehr verständnisvoll sein.

Niemand kam auf argwöhnische Gedanken. Alle waren voll des Mitleids für Olga und Tamara und verwöhnten und verhätschelten sie.

Doch alles schien umsonst zu sein. Tamara schien sich nicht von den Anstrengungen erholen zu wollen.

„Ich fürchte, du hast dir eine Erkältung geholt, mein Kind“, sagte die Prinzessin.

Da sie den Zug am Abend zuvor versäumt hatten und an diesem Abend im Schlafwagen kein Platz mehr war, sahen sie sich gezwungen, die Nacht im Hotel zu verbringen.

Die Prinzessin bestand darauf, daß Tamara sofort schlafen ging, während sich die anderen noch zu einer Partie Bridge zusammensetzten.

„So ein Schneesturm ist etwas Feines", sagte Lord Courtray zu Gritzko.

Aber droben in ihrem Zimmer weinte sich Tamara in den Schlaf.

Die Reise zurück nach Petersburg war für Tamara wie ein dumpfer, hoffnungsloser Traum, aus dem sie nicht aufwachen konnte. Sie versuchte, sich natürlich und fröhlich zu geben, konnte jedoch zumindest ihre Tante nicht täuschen. Die Prinzessin merkte, wie blaß und verkrampft sie war, und machte sich die größten Sorgen.

Prinz Milaslawski hatte sich von ihnen am Zug verabschiedet. Er war noch einmal nach Milaslaw zurückgefahren, weil er Vorbereitungen für eine Bärenjagd mit Jack Courtray treffen wollte. Er beabsichtigte, erst in zwei Tagen wieder in Petersburg zu sein.

Das war dann der Dienstag, und Tamara hatte für den Nordexpreß am Mittwochabend reserviert.

Der Prinz hatte ihr zum Abschied höflich die Hand geküßt, dann hatte sich der Zug in Bewegung gesetzt, und er war auf dem Bahnsteig gestanden, ein großer, eleganter Mann in einem grauen Tuchmantel mit Pelzkragen.

Sie kamen spät in der Nacht in Petersburg an. Am Morgen darauf schickte die Prinzessin sofort nach einem Arzt.

„Ihre Nichte hat sich erkältet und scheint unter einem schweren Schock zu stehen“, erklärte dieser, als er aus Tamaras Zimmer kam. „Ich würde empfehlen, daß sie heute noch liegenbleibt und dann abgelenkt und nett unterhalten wird.“

Als die Prinzessin wieder allein im Blauen Salon saß, überlegte sie.

Ein schwerer Schock? Was war passiert? Konnte die Angst vor einem Schneesturm einen Schock auslösen? Sie machte sich die größten Sorgen.

Die arme Tamara lag kraftlos in ihrem Bett. Immer wieder überfielen sie die fürchterlichsten Gedanken, und immer wieder ballte sie die Hände zu Fäusten und stöhnte.

Und wenn sie nun ...

„Nicht auch noch das!“ rief sie in ihrer Verzweiflung, und genau in dem Moment kam die Prinzessin in ihr Zimmer.

Jetzt war die Prinzessin natürlich erst recht in Sorge, doch sie schwieg.

Tamara wurde von diesem einen Gedanken, von dieser grauenvollen Befürchtung in einem Maße gehetzt, daß sie es im Bett nicht mehr aushielt.

Sie war schließlich nicht krank und konnte sich genausogut anziehen, hinuntergehen und mit den anderen Tee trinken und sich unterhalten. Niemand würde sie bemitleiden oder sich irgendwelche Gedanken machen.

Und so war es denn auch. Alle sprachen über den ungewollten Zwischenfall, und mittlerweile nahm man alles von der humorvollen Seite. Als einziger bemerkte Stephen Strong die Unruhe in Tamaras Blick und die hektischen Flecke an ihrem Hals.

Als es Nacht und sie wieder allein war, begann die

Qual von neuem. Sie konnte nicht schlafen und ging nervös in ihrem Zimmer auf und ab.

Wenn nun Gritzko am Dienstag nicht nach Petersburg zurückkam? Wenn sie ihn nie wiedersah?

Am Tag darauf, es war der Dienstag, kam gegen elf Uhr ein Diener des Prinzen und brachte einen versiegelten Brief.

Tamara hatte Gritzkos Handschrift noch nie gesehen und betrachtete sie kritisch, als sie den Brief mit zitternden Händen öffnete und las.

Madame,
ich schreibe Ihnen, um Sie ehrerbietig um Ihre Hand zu bitten. Sollten Sie mir diese Gunst gewähren, verspreche ich Ihnen, Sie glücklich zu machen.

Ihr ergebener Diener
Gregoir Milaslawski

Wie schon einmal in ihrem Leben wurden Tamara die Knie weich. Sie setzte sich auf den Rand ihres Bettes, unfähig, einen klaren Gedanken zu fassen.

„Der Diener wartet auf eine Antwort, Madame", ermahnte die Zofe sie nach einer Weile.

Tamara riß sich zusammen, setzte sich an den kleinen Schreibtisch, nahm Feder und Papier und schrieb.

Monsieur,
ich habe keine andere Wahl. Ich erkläre mich einverstanden.

Ihre Tamara Loraine

Sie faltete das Blatt zusammen, steckte es in ein Kuvert und versiegelte es. Schließlich gab sie es der Zofe, und diese verschwand damit.

Tamara stützte sich mit beiden Ellbogen auf den kleinen Schreibtisch und starrte vor sich ins Leere. Sie war nicht in der Lage, ihre Gefühle zu analysieren.

Als die Prinzessin irgendwann in ihr Zimmer kam und sich nach ihrem Ergehen erkundigen wollte, fand sie Tamara noch immer am Schreibtisch sitzend.

„Tamara, mein Kind!" rief die Prinzessin. „Du machst mir wirklich Sorgen. Was ist denn bloß mit dir los? Sag mir doch bitte, was passiert ist!"

Sie legte einen Arm um die Schultern der geliebten Nichte und strich ihr über das Haar.

Tamara zitterte, als friere sie. Sie nahm ihre ganze Kraft zusammen und stand auf.

„Ich werde Gritzko heiraten, Tante Vera", sagte sie. „Ich habe ihm eben die Antwort geschickt."

Prinzessin Ardachew besaß zuviel Takt, um ein großes Freudengeschrei anzustimmen. Sie umarmte ihre Nichte, sagte, daß sie sich freue und ihr von Herzen alles Gute wünsche, und gab ihr ihren Segen. Alles, als sei diese Nachricht von nichts beschattet.

Dann überließ sie Tamara den eigenen Gedanken.

Ja, das war die einzige Möglichkeit. Und je schneller die Trauung über die Bühne ging, desto besser.

In ein paar Wochen würde die Fastenzeit beginnen, und das war Entschuldigung genug, die Dinge zu beschleunigen.

Um zwölf Uhr bat Prinz Milaslawski in aller Form, von Prinzessin Ardachew empfangen zu werden. Er wurde in den Gelben Salon geführt, wo die Prinzessin auf ihn wartete.

Er trug die scharlachrote Uniform und begrüßte sie nicht auf die übliche familiäre Weise, sondern trat steif und etwas hölzern vor sie.

„Ich bin gekommen, um Sie um Ihre Einwilligung zur Heirat mit Ihrer Nichte zu bitten, Tantchen", sagte er, verbeugte sich und küßte ihr die Hand. „Sie hat mir die Ehre gegeben, meinen Antrag anzunehmen, und meinem Glück steht nun nur noch Ihr Einverständnis im Wege."

„Gritzko, mein lieber Junge!" rief die Prinzessin. „Wenn du überzeugt davon bist, daß ihr beide glücklich werdet, würde mir nichts eine größere Freude machen. Aber ..."

„Ich bin überzeugt davon, Tantchen", fiel ihr der Prinz ins Wort.

Er ließ die Steifheit fallen und küßte der alten Freundin nochmals die Hand.

„Wirklich, Tantchen", versicherte er. „Sie brauchen keine Angst zu haben. Wir werden beide sehr glücklich werden."

Die Prinzessin war sehr bewegt. Sie spürte, daß gewisse Spannungen vorhanden waren, aber sie war daran gewöhnt, Prinz Milaslawski blind zu vertrauen, und hatte das Gefühl, alles würde sich zum Guten wenden, wenn sie sich einverstanden erklärte. Sie wollte jetzt keine Fragen stellen.

„Würden Sie so nett sein und Tamara holen?" bat der Prinz irgendwann. „Ich möchte, daß Sie sie mir persönlich anvertrauen."

Die Prinzessin kam seiner Bitte gern nach.

Als Tamara etwas später ihrer Tante in den Gelben Salon folgte, machte sie nicht gerade den Eindruck einer glücklichen Braut und zukünftigen Prinzessin.

Ihre Haltung war die eines angespannten, überanstrengten Menschen. Sie trug ein enganliegendes, taubengraues Kleid und hob kaum den Blick vom Teppich.

Ihre Hand war kalt, als die Prinzessin sie nahm und in die Hand des Prinzen legte. Sie segnete das Paar, küßte beide auf die Wangen und verließ schnell den Salon.

Mit Prinz Milaslawski allein gelassen, rührte sich Tamara nicht von der Stelle. Unverwandt stierte sie auf den Boden.

Er war es schließlich, der die Stille brach. Er nahm ihre linke Hand, führte sie an die Lippen und küßte sie.

Er streifte ihr den Ehering vom Finger und legte ihn auf ein Tischchen. An seine Stelle steckte er sein Hochzeitsgeschenk, ein glitzerndes Schmuckstück mit einem riesigen Brillanten und einem ebenso riesigen Rubin.

Tamara schauderte zusammen.

Sie blickte auf ihre Hand herunter und glaubte, mit ihrem alten Ehering alles verloren zu haben, was für sie Sicherheit und Anstand bedeutete.

Sie bewunderte die Steine nicht, sie sagte kein Wort des Danks, sie blieb versteinert und gefühllos.

„Ich danke Ihnen für Ihr Jawort, Madame", sagte der Prinz förmlich. „Ich werde alles tun, daß Sie es nicht bedauern."

Kein Wort von Liebe, nicht der leiseste Versuch einer Zärtlichkeit. Hätte Tamara ihn jedoch angesehen, so hätte sie den Ausdruck unendlicher Ergebenheit und Verehrung in seinem Blick bemerkt.

Aber sie hob den Kopf nicht. Alles gehörte irgendwie zusammen. Er wußte, daß er sich an ihr vergangen hatte, und seine Wiedergutmachung war die einzige Möglichkeit, die ihm als Gentleman blieb.

Er hielt ihre Hand, und bald würde sie seine Frau, die Prinzessin Milaslawski, sein, doch all das erfüllte sie nicht mit Freude, sondern mit einer grenzenlosen Scham.

Ungezügelte Leidenschaft und nicht Liebe, und das Resultat dieser Leidenschaft hatte diese Situation zur Folge.

Und so stand sie da und schwieg, und Prinz Milaslawski mußte all seine Beherrschung aufbieten, um sie nicht in die Arme zu nehmen und ihr Gesicht, ihren Hals, ihre Hände mit Küssen zu bedecken.

Aber er blieb hart. Nein, wie ein Sonnenstrahl sollte der göttliche Augenblick kommen, in dem er sie wirklich gewonnen hatte und sie ihn von sich aus liebte.

Bis dahin nichts als reserviertes, ehrerbietiges Verhalten und die Regelung von nötigen Details.

„Ich hoffe, es ist Ihnen recht, wenn die Hochzeit noch vor der Fastenzeit stattfindet", sagte er und ließ ihre Hand los.

„Ich heirate Sie, wann Sie wünschen", entgegnete Tamara mit tonloser Stimme.

Sie drehte sich um und setzte sich.

Der Prinz stützte sich auf den Kaminsims und sah sie an. Er verstand sehr wohl, warum sie einverstanden war, so schnell zu heiraten, und lächelte ein verschmitztes Lächeln.

„Haben Sie die Befürchtung, daß etwas eintreten könnte?" fragte er. „Ich für meine Person werde sehr erfreut sein, wenn dieser Tag kommt."

Das war zuviel für die arme Tamara. Mit einem kleinen Aufschrei vergrub sie das Gesicht in den Sofakissen.

Der Prinz machte nicht den Versuch, sie zu trösten, sosehr ihm auch danach zumute war.

„Ich nehme an, daß Sie Ihre Familie verständigen

müssen", sagte er statt dessen. „Es ist doch vielleicht möglich, daß sie zur Hochzeit kommt, oder? Da Sie Witwe sind, brauchen Sie, wenn ich recht informiert bin, niemanden um seine Einwilligung zu fragen."

Tamara, rot vor Scham, hob den Kopf.

„Sie sind richtig informiert, Prinz", bemerkte sie. „Ich kann tun und lassen, was ich will. Ja, ich nehme an, sie kommen zur Hochzeit."

„Die Fastenzeit ist eine so passende Entschuldigung", fuhr der Prinz fort. „Außerdem ist man in Petersburg daran gewöhnt, daß ich tue, was ich will, und niemand wird sich groß Gedanken machen, wenn wir etwas überstürzt heiraten. Mir würde es lediglich leid tun, wenn es Ihnen Unannehmlichkeiten bereitet."

„Wann ist Aschermittwoch?" fragte Tamara.

„Morgen in vier Wochen", antwortete der Prinz. „Paßt es Ihnen, wenn wir in vierzehn Tagen heiraten? Die Flitterwochen können wir dann im Süden verbringen, wo die Sonne scheint."

„Wie Sie wünschen", entgegnete Tamara mit resignierter Stimme.

„Ich komme mit dem englischen und dem russischen Kalender immer durcheinander", setzte Tamara hinzu. „Würden Sie mir das Datum bitte aufschreiben, damit ich es an meinen Vater weitergeben kann?"

Er nahm einen Kalender zur Hand, der auf einem Tisch lag, rechnete um, schrieb das Datum auf eine Visitenkarte und gab sie ihr.

Sie nahm sie, ohne ihn anzusehen, und stand auf.

„Ich nehme an, Sie bleiben zum Mittagessen", sagte sie, nahm ihren Ehering vom Tisch und steckte ihn ein. „Kann ich jetzt gehen, oder wollten Sie noch etwas sagen?"

„Tamara“, begann er, doch dann hatte er sich schon wieder unter Kontrolle. Er nahm ihre Hand, küßte sie, verbeugte sich und öffnete ihr die Tür. Ohne ein weiteres Wort zu verlieren, verließ sie den Salon.

Als sich die Tür hinter ihr geschlossen hatte, ging der Prinz mit ungeduldigen Schritten auf und ab. Und plötzlich beugte er sich nach unten und küßte die Kissen, in die sie das Gesicht vergraben hatte.

Wenn der Tag gekommen war, dann sollte Tamara wissen, was seine Liebe bedeutete.

10.

Das Mittagessen, bei dem nur noch Stephen Strong zugegen war, verlief ruhig und normal.

Es gelang Tamara, sich normal zu verhalten und die Fragen, die der Prinz stellte, freundlich und höflich zu beantworten. Auch er mußte sich sehr zusammennehmen, aber Stephen Strong merkte absolut nichts von der bestehenden Spannung.

Als sie nach dem Essen das Speisezimmer verließen, verabschiedeten sich Tamara und Gritzko unter einem Vorwand. Tamara zog sich in ihr Zimmer zurück, während der Prinz das Haus verließ.

„Ich hole Sie heute abend zum Theater ab, Tantchen“, sagte er. „Wahrscheinlich bin ich aber zum Tee schon wieder da. Würden Sie es bitte Tamara ausrichten?“

Er ging, und so waren die beiden alten Freunde allein.

Sie gingen in den Blauen Salon, man brachte ihnen den Kaffee, und sie rührten in ihren Tassen. Es herrschte eine ungewöhnliche Stille.

„Stephen", sagte die Prinzessin schließlich. „Ich hoffe, Sie helfen mir über diese ganzen Schwierigkeiten hinweg. Ich habe keine Ahnung und bin auch zu keinen Vermutungen bereit, was passiert sein könnte, aber irgend etwas ist natürlich passiert. Sagen Sie mir bloß eines – glauben Sie, er liebt sie? Wenn Tamara unglücklich sein würde, ich könnte es nicht ertragen."

Stephen Strong wollte etwas sagen, kam aber nicht zu Wort.

„Wenn sie bereit ist, sich ganz nach ihm zu richten", fuhr die Prinzessin fort, „wenn sie es zuläßt, daß er ihren Körper und ihre Seele beherrscht, wird er sie mit seiner Liebe überschütten und sie zur glücklichsten Frau unter der Sonne machen."

Stephen Strong unternahm einen zweiten Versuch, jedoch wieder ohne Erfolg.

„Bleibt sie aber so widerspenstig, wie sie im Moment ist, dann sehe ich schwarz, Stephen. Und jetzt sind Sie dran."

„Meiner Meinung nach", sagte Stephen Strong, „liebt sie ihn abgöttisch. Sie hat sich schon in Ägypten in ihn verliebt. Ich habe auf dem Schiff doch alles mitbekommen. Deshalb habe ich Sie doch gleich anfangs gewarnt, wenn Sie sich daran erinnern."

„In Ägypten?" rief die Prinzessin. „Demnach haben sie sich bereits gekannt?" Sie schüttelte den Kopf. „Typisch Gritzko – so zu tun, als hätte er sie noch nie gesehen, und sich in aller Form vorstellen zu lassen! Ist das denn zu fassen?"

„Es ist zumindest recht ungewöhnlich", stimmte Stephen Strong zu.

„Wahrscheinlich haben sie sich dort schon gestritten", sagte die Prinzessin. „Deshalb waren sie wie Hund und Katze zueinander."

„Das ist anzunehmen", entgegnete Stephen Strong, „aber letztlich unwesentlich. Die Tatsache, daß er Ihre Nichte heiratet, ist für mich der Beweis, daß er sie wirklich liebt. Er hätte sie sonst nämlich nicht darum gebeten."

„Nicht einmal, wenn – wenn der Anstand es verlangt?"

„Nein, aber wirklich nicht. Ich glaube Gritzko noch besser zu kennen als Sie, verehrte Prinzessin. Falls nicht sein dringender Wunsch, sondern irgendein moralisches Muß der Anlaß zu dieser Heirat wäre, würde er eher sie und sich selbst erschießen, als sich dem Schicksal und seinen Vorstellungen zu beugen."

„Meinen Sie?" fragte die Prinzessin.

„Ich würde beide Hände dafür ins Feuer legen. Was der Grund der Spannung zwischen den beiden auch sein mag, dieser Art ist er nicht. Ich glaube, daß er sie auf seine seltsame Weise anbetet. Ich an Ihrer Stelle würde die beiden einfach in Ruhe lassen, und dann wird alles schon gutgehen."

Nach diesem Gespräch war der Prinzessin eine große Last von der Seele genommen, und sie sah sich in der Lage, die freudige Nachricht bekanntzugeben.

Die Neuigkeit wurde mit verschiedenen Reaktionen aufgenommen: Erstaunen, Neid, Kummer, Freude und Kopfschütteln, selbst bei denen, die behaupteten, sie hätten es von Anfang an so kommen sehen.

„Zum Glück mögen wir sie", sagte Gräfin Olga. „Sie ist eine nette Person, und wenn es ihr gelingt, Gritzkos Temperament nicht allzusehr anzustacheln, dann ist er ihr vielleicht sogar treu."

Über die letzte Bemerkung wurde herzlich gelacht, bis Valonne dazukam und verständnisvoll lächelte.

„Ich gehe jede Wette ein“, sagte er, „daß sie in fünf Jahren noch verliebt wie Turteltauben sind.“

Jack Courtray hatte sich sofort auf den Weg gemacht und Tamara besucht.

„Tamara, wer hätte das gedacht!“ rief er ihr entgegen. „Heiratest du doch tatsächlich einen Ausländer! Ich muß allerdings sagen, daß du dir den besten Mann ausgesucht hast, der mir je begegnet ist. Ich bin überzeugt davon, daß du wahnsinnig glücklich wirst.“

Tamara senkte den Kopf, denn Jack sollte ihre Tränen nicht sehen.

„Vielen Dank, Jack“, erwiderte sie leise. „Aber ob man glücklich sein wird, das weiß man nie.“

Obwohl Jack Courtray nicht gerade der Mensch war, der zwischen den Zeilen lesen konnte, machte ihn die Entgegnung hellhörig. Sie regte ihn sogar auf.

„Moment, Tamara!“ rief er. „Wenn du deiner Sache nicht ganz sicher bist, dann geh lieber kein Risiko ein. Du willst dich doch hoffentlich nicht binden, wenn du ihn nicht wirklich liebst!“

Ihn wirklich lieben! Großer Gott!

Tamara hatte ihre Gefühle so lange unterdrückt, daß sie plötzlich glaubte, sie ausbrechen lassen zu müssen.

„Jack“, sagte sie mit so leidenschaftlicher Stimme, daß ihr Freund erschrak.

Daran gewöhnt, sich immer zu beherrschen und von anderen dieselbe Beherrschung zu verlangen, wurde jegliche Art von Gefühlsäußerung in England leicht für melodramatisch gehalten.

„Jack, du hast keine Ahnung, was wirkliche echte und tiefe Liebe ist. Ich habe es inzwischen erfahren. Ich liebe Gritzko so sehr, daß ich lieber mit ihm unglücklich als mit irgendeinem anderen Menschen auf der Erde glücklich werde. Und wenn sie dich zu Hause fragen, dann kannst du ihnen sagen, er könnte auch Grieche oder Türke sein, ich würde ihm überallhin folgen."

Sie brach plötzlich in Tränen aus und vergrub das Gesicht in den Händen.

Ja, es stimmte. Trotz aller Erniedrigung, Schande und Angst liebte sie ihn abgöttisch.

Und Jack, der gutherzigste Mensch, den man sich denken konnte, legte natürlich den Arm um ihre Schultern, nahm sein Taschentuch und tupfte ihr die Tränen vom Gesicht.

„Jetzt beruhige dich doch, Tamara", sagte er mit tröstender Stimme. „Bitte, reg dich doch nicht so auf, das wird sicher alles gut."

Aber Tamara konnte ihn nur bitten, sie allein zu lassen und niemandem etwas von ihrem Ausbruch und den Tränen zu erzählen.

Jack blieb nichts anderes übrig, als ihrer Bitte nachzukommen. Betrübt verließ er die Jugendfreundin, um vor dem Salon mit Prinz Milaslawski zusammenzustoßen. Da er ihn am Morgen jedoch bereits gesehen hatte und in Gedanken noch bei Tamara war, grüßte er nur kurz und ging weiter.

Tamara saß so da, wie er sie verlassen hatte. Die Tränen rannen ihr über die Wangen, und sie starrte mit leeren Augen in das Kaminfeuer.

Die Zukunft, die vor ihr lag, kam ihr wie ein einziges Martyrium vor. Mit einem Mann verheiratet zu sein, den sie täglich mehr liebte und der sie in allem, was er tat und sagte, daran erinnerte, daß ihr Stolz und ihre Selbstachtung mit Füßen getreten worden waren, allein schon der Gedanke an eine solche Zukunft war grauenvoll.

Gritzko kam so leise in den Salon und sie war so in ihre trüben Gedanken versunken, daß sie ihn erst bemerkte, als er bereits vor ihr stand.

Sie stieß einen erschrockenen Schrei aus und blickte ihn herausfordernd an. Sicher haßte er Tränen, und sie ärgerte sich, daß er sie weinen sah.

Seine Augen sprühten Feuer. „Was war zwischen Ihnen und Ihrem englischen Freund?" fragte er mit heiserer Stimme. „Ich will die Wahrheit wissen. Kein Mann soll Sie weinen sehen. Ich will wissen, was geschehen ist, oder ich bringe ihn um."

Tamara holte tief Luft und stand auf. Der letzte Anflug von Stolz beherrschte ihr Gesicht.

„Ich bitte Sie, von vornherein eins zu verstehen, Prinz", sagte sie mit kalter, hochmütiger Stimme. „Ich lasse mich nicht durch Verdächtigungen oder Drohungen gegen meine Freunde beleidigen. Lord Courtray und ich sind wie Bruder und Schwester aufgewachsen."

„Und?"

„Und wir haben uns über zu Hause unterhalten. Über meine Heimat, die ich vielleicht nie wiedersehen werde. Ich habe ihm gesagt, was er erzählen soll, wenn man nach mir fragt. Wenn ich geweint habe, so schäme ich mich meiner Tränen. Und wenn Sie sprechen und handeln, wie Sie es eben getan haben, dann schäme ich mich der Gefühle, die mich zu weinen veranlaßt haben."

Prinz Milaslawski bewunderte ihren Mut.

„Und welche Gefühle haben Sie zum Weinen veranlaßt?" fragte er. „Sagen Sie es mir, ich muß es wissen."

Er hatte den Satz noch nicht zu Ende gesprochen, als er bemerkte, daß sie ihren Ehering wieder angesteckt hatte. Sie trug ihn am selben Finger wie sein Geschenk.

„Das lasse ich nicht zu!" rief er.

Er packte sie am Handgelenk, zog ihr beide Ringe vom Finger und steckte nur seinen wieder zurück.

„Ich dulde keine Erinnerung an einen anderen Mann!" sagte er. „Sie werden nur meinen Ring tragen!"

Er ließ ihre Hand fallen, drehte sich um und warf ihren Ehering in das Kaminfeuer.

Tamara stand wie versteinert da.

„Jetzt schäme ich mich erst recht, daß ich geweint habe!" sagte sie, und ihre Augen glühten vor Wut.

Der Prinz ging ruhelos im Raum auf und ab.

„Ich muß wissen ...", begann er, doch im selben Moment wurde der Tee gebracht, und Tamara benutzte die Gelegenheit und floh aus dem Raum.

Der Prinz war restlos verwirrt.

Was hatte sie gemeint? Er wußte, daß er keinerlei Grund hatte, auf Jack Courtray eifersüchtig zu sein, aber was lag hinter ihren Worten?

Die zwei Wochen, die es noch dauern sollte, bis alles geklärt sein und sie in seinen Armen liegen würde, drohten qualvoll zu werden. Allein beim Gedanken an ihren Körper wallte ihm das Blut in den Adern.

Er wollte ihr nachlaufen, wollte sie um Verzeihung bitten und sie küssen und liebkosen, wollte ihr sagen, daß er selbst auf die Luft eifersüchtig war, die sie atmete, und es nicht erwarten konnte, bis sie ihm sagte, daß sie ihn liebte.

Doch er beschloß, ihr lediglich ein paar Zeilen zu schreiben.

Wenn er sich nicht strikt an die althergebrachten Konventionen hielt, war es um ihn geschehen, und er konnte es nicht bis zu Ende durchstehen.

Madame,
ich bedaure, mich eben vergessen zu haben. Die Situation erschien mir seltsam, als ich in den Salon kam. Ich weiß, daß mein Wutausbruch völlig unbegründet war, und bitte Sie um Vergebung. Ich erlaube mir, Sie gegen acht Uhr abzuholen.

Gritzko

Er ließ ihr die Zeilen bringen und verließ das Haus der Prinzessin Ardachew.

Als Tamara seine Zeilen gelesen hatte, schöpfte sie zum erstenmal seit der Nacht in der Jagdhütte Hoffnung. Sollte er sie doch lieben?

Nein, es konnte nicht sein. Ein Mensch, der liebte, benahm sich nicht so.

Trotzdem war Tamara plötzlich von einer gewissen Spannung erfaßt und konnte es kaum erwarten, bis es Abend war.

Die Tränen schienen ihr das Herz aufgeschlossen zu haben. Der gefühllose, stumpfe Zustand der letzten Tage war wie verweht. Sie wußte, daß sie Prinz Milaslawski abgöttisch liebte, ganz gleich, was er getan hatte.

Er hatte ihr alles genommen. Er hatte sie von ihrem Podest gezogen, aber diese letzte Spur von Selbstachtung würde sie sich nicht nehmen lassen. Er sollte nicht wissen, daß sie ihn immer noch liebte.

Und so war sie eisig zu ihm, als er am Abend in den Salon kam, und ihre Kälte schlug auf ihn über.

Auf dem Weg zum Theater sprachen sie kaum ein Wort. Als sie die Loge betraten, galt ihr ganzes Interesse dem Publikum und später dem Geschehen auf der Bühne.

In den Pausen strömten ihre Freunde herein und gratulierten dem Paar.

Unter dem Vorwand, an Kopfschmerzen zu leiden, bat Tamara, dem geplanten Souper und dem anschließenden Ball fernbleiben zu können.

Der Prinz erklärte sich mit besorgter Höflichkeit einverstanden, während er insgeheim heilfroh war, selbst nicht teilnehmen zu müssen. Seit dem Nachmittag war es ihm klar, daß er die Situation nur dann ertragen konnte, wenn er Tamara möglichst wenig und dann nur mit Freunden zusammen sah.

Und so vergingen die Tage. Man traf sich zum Tee, man unterhielt sich steif, man trennte sich. Man traf sich zum Diner mit Freunden, man unterhielt sich steif, man trennte sich. Und am Anfang der kommenden Woche fuhren Jack Courtray und Prinz Milaslawski zur Bärenjagd.

Der Prinz war am Ende seines Durchstehvermögens.

Als er zurückkam, waren es noch fünf Tage bis zur Hochzeit. Wie es sich für einen Geliebten gehörte, hatte er Tamara jeden Morgen Blumen schicken lassen und hatte sie mit Geschenken überhäuft, die sie alle mit derselben Unlust in Empfang genommen hatte.

Da sie überzeugt davon war, daß er sie nur aus einer moralischen Verpflichtung heraus heiratete, hatte sie nicht eines der Geschenke gefreut.

Und er hatte seine Rolle gespielt, wie er sie hatte spielen müssen, doch für ihn war die Zeit des Wartens durch das Wissen kommender Freuden nur die halbe Qual.

Die arme Tamara hingegen wurde von Tag zu Tag blasser und schmaler.

Ihr Vater litt schwer an Gicht und konnte wahrscheinlich nicht zur Hochzeit kommen. Aber ihre Mutter, Tom und ihre Schwester hatten zugesagt. Ebenfalls Lady Newbridge und Millicent Hardcastle. Sie sollten drei Tage vor der Hochzeit eintreffen.

Als die Bärenjäger zurückkehrten, wurde am Abend im Hause der Prinzessin Ardachew ein kleines Essen gegeben. Insgesamt sechs Personen, so konnten vier zusammen Bridge spielen, während sich das junge Paar in Ruhe unterhalten konnte.

Die Prinzessin war in den letzten zwei Wochen sehr nervös, wenn nicht unglücklich gewesen, aber Stephen Strong hatte sie getröstet und ihr Mut gemacht.

„Lassen Sie die beiden doch allein, Vera", hatte er gesagt. „Kümmern Sie sich nicht um sie. Das wendet sich alles noch zum Guten, Sie werden schon sehen."

Tamara trug ein enganliegendes, weißes Kleid und war nur noch ein Schatten ihrer selbst.

Sie hatte die Perlenkette angelegt, ein Geschenk Gritzkos, das am Morgen abgegeben worden war, und der Blick in ihren schönen, tiefumschatteten Augen war traurig.

Gritzko war bereits da, als die Prinzessin und Tamara in den Gelben Salon kamen, und er betrachtete sie mit sorgenvollem Gesicht.

„Sie müssen krank gewesen sein, Madame", sagte er und konnte nicht vermeiden, daß seine Stimme zitterte. „Warum haben Sie denn nicht nach mir geschickt, Tantchen? Wie haben Sie Tamara leiden lassen können?“

Eine plötzliche Welle des Glücks schlug über Tamara zusammen, als er ihr die Hand küßte. Sie war so schwach, daß sie wegen jeder Geringfügigkeit hätte weinen können.

Aber ihre Seligkeit sollte nicht lange anhalten. Aus Angst, sie könne merken, wie unendlich viel sie ihm bedeutete, war er kühler denn je.

Insgeheim freute er sich jedoch wie wahnsinnig auf den Augenblick, der bald kommen mußte und all diesem zwanghaften Verhalten ein Ende bereiten würde.

Tamara, die davon nichts wußte, verfiel in eine tiefe Depression. In fünf Tagen würde sie seine Frau sein, und wenn er mit diesem Schritt seine Pflicht als Gentleman getan hatte, wie würde er sie dann erst behandeln?

Er sah an diesem Abend besser aus denn je. In seiner Stimme lagen tausend Nuancen, er war fröhlich und geistvoll, unterhielt die Tischrunde, machte ihrer Tante unzählige Komplimente – und ließ sie links liegen.

Tamara litt wie nie in ihrem Leben und erwartete sehnsüchtig den Moment, wo sie wieder allein war.

Es schien eine Ewigkeit zu dauern, bis der Kaffee getrunken war und die anderen sich zu ihrer Partie Bridge zusammensetzten.

Schließlich war es soweit, und Tamara und Gritzko gingen nach nebenan in den Blauen Salon.

Für beide war die Situation extrem schwierig. Gritzko konnte sein Verlangen, sie zu streicheln und in die Arme zu nehmen, kaum zügeln. Doch er wußte, daß er sich noch fünf Tage beherrschen mußte, und tat es.

Tamara sank erschöpft und blaß auf ein Sofa.

Gritzko setzte sich nicht neben sie. Er ließ sich in einen Sessel fallen und streckte lässig die Beine von sich.

„Die Jagd hat sich gelohnt", sagte er trocken. „Ihr Freund ist ein guter Schütze. Wir haben zwei Bären erlegt."

„Das hat ihn sicher gefreut", erwiderte Tamara.

„Und Ihre Familie kommt also am Montag in Petersburg an, höre ich?" fragte der Prinz. „Ihr Bruder, Ihre Schwester und die liebenswerte Mrs. Hardcastle?"

Wie immer, wenn er von Millicent sprach, lachte er.

„Sie werden sich fragen, warum Sie diesen Wilden heiraten", setzte er hinzu. „Aber den Grund werden sie nicht erfahren, nicht wahr?"

„Sie dürfen ihn nicht erfahren", entgegnete Tamara.

Das für ihn so typische Lächeln stahl sich auf das Gesicht des Prinzen.

„Wissen Sie ihn denn?" fragte er.

Tamara sah ihn erschrocken an. Sie hatte es sich zur Gewohnheit gemacht, seinen Blick zu meiden. Die Schande und die Erniedrigung, mit der sie nun leben mußte, hatten die stolze Haltung ihres Kopfes gebrochen, und sie sah meistens zu Boden.

„Warum stellen Sie solche Fragen?" sagte sie mit tonloser Stimme. „Ich könnte Sie genausogut fragen, warum Sie mich heiraten. Wir wissen beide, daß es keine andere Möglichkeit gibt."

„Sie können sich die Frage selbst beantworten", entgegnete er kalt und stand auf. „Was mich anbelangt, so habe ich mehrere Gründe."

Der Prinz ging mit langen Schritten im Salon auf und ab, nahm hier und da ein Silberschälchen oder eine Tabaksdose zur Hand und legte die Gegenstände wieder auf ihren Platz.

Wie gern Tamara ihn nach diesen Gründen gefragt hätte! Sie hegte immer noch schwache Hoffnungen, brachte aber den Mut nicht auf. Die Stärke ihres eigenen Gefühls ließ sie verstummen.

„Ich nehme an, Tantchen hat Ihnen erklärt, wie die Trauung abläuft“, sagte er schließlich. „Hier bei uns ist das anders als in England. Die Zeremonie bedeutet sehr viel mehr.“

„Und ist sehr viel schneller vergessen.“

„Das mag stimmen, aber nicht in unserem Fall. Uns wird erst der Tod trennen.“ Er hob stolz den Kopf. „Ab Mittwoch gehört der Rest Ihres Lebens mir, Madame.“

Tamara bekam eine Gänsehaut. Wenn sie doch nur diese Stumpfheit ablegen könnte! Ihr erstarrtes Herz schrie danach, sich offenbaren zu können.

Das war mit Sicherheit der richtige Moment dafür, aber sie war nicht in der Lage dazu. Sie verharrte, wie sie war, schweigend, blaß und leblos.

„Tamara“, sagte der Prinz, und in seiner Stimme schwang die unterdrückte Leidenschaft. „Würden Sie mir bitte die Wahrheit sagen? Hassen Sie mich, oder was empfinden Sie für mich?“

Sie glaubte, daß er sie nur noch mehr quälen wollte, und war daher nicht bereit, seine Frage zu beantworten.

„Ist es nicht genug, daß Sie mich mit Gewalt erobert haben?“ fragte sie statt dessen. „Jetzt dürfte es Ihnen doch gleichgültig sein, welcher Natur meine Gefühle sind. Wie Sie eben selbst sagten, werde ich ab Mittwoch Ihnen gehören.“

Sein Blick war voll Schmerz.

„Ich werde sogar Ihre Seele besitzen", sagte er kalt. „Nach der Trauung werden wir übrigens in mein Haus fahren und erst am Samstag gen Süden aufbrechen. Ich möchte Ihnen erst noch gewisse Dinge zeigen. Entspricht dieses Arrangement Ihren Wünschen?"

„Ich habe keine Wünsche", entgegnete Tamara.

Der Prinz zuckte mit den Schultern und nahm seine ruhelose Wanderung wieder auf. Sein Wille war eisern, aber die Anstrengung war groß.

Ihre Worte hatten ihn wie Pfeile getroffen, diese geballte Schweigsamkeit und das Fehlen jeglichen Gefühls hatten einen leichten Zweifel in ihm aufkommen lassen. Was sollte geschehen, wenn er sie nicht dazu bringen konnte, daß sie ihn liebte?

Zum erstenmal in seinem Leben schien eine eisige Hand nach seinem Herzen zu greifen. Diese Frau bedeutete sein ganzes Leben.

Er betrachtete ihre schmale, zerbrechliche Gestalt, die erschöpft in den blauen Kissen lehnte, das blasse Gesicht und wandte sich plötzlich ab und ging nach nebenan in den Gelben Salon.

„Kommen Sie", forderte er sie auf, als er an der Tür stand. „Es hat wenig Sinn, sich weiter zu unterhalten. Wünschen wir den anderen eine gute Nacht."

Tamara stand auf und ging zur entgegengesetzten Tür.

„Gute Nacht", sagte sie. „Entschuldigen Sie mich bitte bei meiner Tante, bei Sonja und den anderen. Ich bin müde und werde ins Bett gehen."

Tamara war schon fast an der Tür, als der Prinz plötzlich neben ihr stand, sie an sich riß und wild küßte. Schließlich stieß er sie von sich und ging an ihr vorbei aus dem Salon.

In ihrem Zimmer warf sich Tamara verzweifelt auf ihr Bett. Sie zitterte vor Erregung.

Das war echte Leidenschaft, aber warum war sie nicht mit Liebe gepaart?

Sie schlug die Hände vor das Gesicht und betete zu Gott.

Die Hochzeit war endlich durchgestanden, und Tamara und Gritzko waren allein. Allein mit sich und ihrer Zukunft.

Während der vielen Gebete und Segnungen waren ihre Gesichter ernst gewesen, danach jedoch war sein Blick voll Triumph. Als sie zu seinem Haus gefahren waren, hatte er ihre Hand gehalten, aber kein Wort gesprochen.

Er hatte sie die Freitreppe hinaufgeführt, auf der die Diener Spalier standen, und dann in den großen Salon, der einem Blumenmeer glich.

Immer noch schweigend, hatte er die Flügeltür zum Ballsaal geöffnet, und sie waren hindurchgegangen.

„Hier muß etwas getan werden", hatte er desinteressiert gesagt, als sie an den Räumen jenseits des Saals vorbeigegangen waren. „Ich möchte Sie bitten, daß Sie sich darum kümmern. Lassen Sie einen Innenarchitekten aus Paris kommen, wenn Sie wollen."

Der Prinz hatte schließlich die Tür zu einem Raum geöffnet, den Tamara noch nicht kannte. Es war das ehemalige Schlafzimmer seiner Mutter.

Es war warm, und die Lampen brannten, aber man spürte, daß der Raum lange nicht mehr bewohnt worden war.

„Tamara", sagte der Prinz und nahm ihre Hand.

„Das hier waren die Gemächer meiner Mutter. Ich habe sie sehr geliebt und immer gedacht, daß nie ein Mensch, nicht einmal meine Frau, diese Räume betreten darf. Ich habe nichts verändert. Alles ist so geblieben, wie es zu ihren Zeiten gewesen ist. Aber jetzt weiß ich plötzlich, daß das nicht ihren Wünschen entsprechen würde."

Aus seiner Stimme schwang ein so echtes, tiefes Gefühl, daß Tamara erstaunt zu ihm aufsah.

„Ich möchte", fuhr der Prinz fort, „daß Sie diese Räume mit mir zusammen sehen, so, wie sie jetzt sind. Während wir im Süden sind, lasse ich alles herausnehmen, und sie bleiben kahl und leer, bis Sie sich nach unserer Rückkehr die Räume nach Ihrem Geschmack gestalten und einrichten. Ich möchte, daß der Segen meiner Mutter auf uns ruht."

Er schwieg einen Moment, und als er weitersprach, war seine Stimme voll Zärtlichkeit.

„Meine kleine Göttin", sagte er. „In diesen Räumen werde ich Sie eines Tages glücklich machen."

Tamara zitterte am ganzen Leib. Der Umschwung kam so plötzlich, daß sie glaubte, die Besinnung verlieren zu müssen. Sie taumelte einen Schritt nach vorn und hielt sich an einer Stuhllehne fest.

Der Prinz spürte, wie schwach sie war, und legte ihr einen Arm um die Schultern, während er sie nach nebenan in einen Salon und wiederum daneben in ein Gebetskämmerchen führte.

Vor einer Ikone hing eine Lampe, die leicht hin und her schwang. Die Farben waren verhalten, eine Vase mit frischen Lilien stand unter dem Bildnis der Jungfrau Maria. Der süßliche Duft der großen weißen Blüten hing in der Luft.

Der Prinz kniete nieder und sprach flüsternd ein

Gebet. Als er wieder aufstand, trafen sich ihre Blikke, ihre Seelen begegneten sich, und alle Schatten zerstreuten sich.

„Tamara!"

Er breitete die Arme aus, und mit einem kleinen, fast schmerzlichen Schrei kam Tamara zu ihm.

Er legte die Arme um sie, preßte sie an seine Brust und küßte ihr Haar.

Dann sah er ihr tief in die Augen.

„Liebling", fragte er, „hast du mir vergeben?"

„Ja – ich habe dir vergeben", antwortete Tamara.

„Tamara, liebst du mich?"

Aber er las die Antwort auf ihrem lieblichen Gesicht und versiegelte ihre Lippen mit Küssen.

Dann hob er sie auf die Arme und trug sie in seinen eigenen warmen, hellen Salon, legte sie zärtlich auf die Couch und kniete sich neben sie.

„Mein Herz", sagte er. „Seit du mir dein Jawort gegeben hast, waren die Tage für mich ein einziges Grauen. Aber ich wollte nicht aufgeben. Ich wollte, daß du mich wirklich liebst. So sehr, daß alle Wut auf mich, daß alle Angst und dein verletzter Stolz unwesentlich sind. Bitte, sage mir, daß du mich liebst, meine Douschka. Ich muß es wissen. Du bist mein Leben, bitte, sag es mir!"

Die Leidenschaft in Tamara war so groß, daß sie kaum sprechen konnte.

„Gritzko." Ihre Lippen bebten. „Du weißt, daß ich dich schon immer geliebt habe. Was du getan hast oder noch tun wirst, kann nichts daran ändern."

Und dann bot sie ihm die Lippen zum Kuß.

„Liebling", sagte der Prinz, nachdem er Tamara lange geküßt und gestreichelt und liebkost hatte. „Wir müssen in der Erfüllung unserer Pflichten füreinander dasein, aber unser wirkliches Leben werden wir in Milaslaw leben, nur du und ich allein. Du mußt mir beibringen, ruhig und beherrscht zu sein und meine wilden Gedanken zu bändigen. Du mußt der Mittelpunkt meines Lebens sein, Tamara. Du mußt dein früheres Leben vergessen und dich mir ganz schenken. Mein Land muß dein Land sein, mein Körper dein Körper und meine Seele deine Seele. Ich liebe dich mehr als Himmel und Erde, und du bist mein, bis der Tod uns scheidet."

Und als er sich über sie beugte und sie wieder küßte, schien sich das Paradies auf Tamara herabzusenken. Sie liebte ihn, diesen blendend aussehenden, temperamentvollen Russen, und alles andere zählte nicht.

Er hielt sie in den Armen, und all die seltsame Leidenschaft und die geheimnisvollen Tiefen, die sie vom ersten Tag an fasziniert hatten, sprachen aus seinem Blick.

„Weißt du noch, wie du mich abgelehnt und dich gegen mich gewehrt hast, mein Liebling?" flüsterte Gritzko. „Herz meines Herzens, jetzt gehörst du mir und kannst dich nicht mehr wehren. Du mußt mir aber auch deine Seele schenken. Du hast einmal gesagt, daß sie dir allein gehört und immer gehören wird. Bitte, schenke mir auch deine Seele."

„Sie gehört dir, Gritzko", erwiderte Tamara leise.

Ihr Stolz war vergessen. Sie wollte sich nicht mehr auflehnen. Sie genoß es, besiegt zu sein.

Der Prinz sah sie an, und ein verschmitztes Lächeln blitzte in seinen Augen.

„Willst du eigentlich nicht wissen", fragte er, „was in der Jagdhütte wirklich passiert ist?"

Tamara begrub das Gesicht an seiner Schulter.

„Nein – bitte nicht!" rief sie. „Es ist alles vergeben und vergessen."

Gritzko schlang die Arme um sie und drückte sie an seine Brust.

„Meine geliebte Prinzessin“, sagte er. „Die Götter meinen es gut mit uns, denn das ganze Glück liegt noch vor uns. Ich habe lediglich deine zarten Füße geküßt.“

ENDE

BARBARA CARTLAND

ist eine englische Erfolgsautorin historischer Gesellschafts- und Liebesromane. Sie begann ihre literarische Karriere als Kolumnistin beim Daily Express. Viele ihrer Liebesgeschichten spielen in der englischen Gesellschaft verschiedener Jahrhunderte. Sie versteht es, die Schicksale begehrenswerter Frauen vergangener Zeiten auf zauberhafte Art wieder lebendig zu machen und die Leserin von heute zu faszinieren. Das moderne Leben hat sie auf vielen Reisen durch alle Kontinente studiert. Das britische Fernsehen bringt seit 1956 immer wieder neue Fernsehserien von dieser Bestseller-Autorin.

Die besten Barbara-Cartland-Romane erscheinen jeden Monat im Pabel Verlag.

Das nächste Taschenbuch heißt:

Barbara Cartland 68

Schlittenfahrt ins Glück

Dichtes Schneetreiben zwingt den Marquis von Wychbold, die Schlittenfahrt mit seinem kleinen Sohn und der jungen Gouvernante Miss Graham zu unterbrechen. Sie finden Schutz in einer einsam gelegenen Hütte. Das Mädchen, das den Adeligen heimlich liebt, ist über den unverhofften Aufenthalt glücklich. Doch ihre Freude wird schnell getrübt, als der Marquis ihr plötzlich eröffnet, daß er von ihrem Geheimnis wisse, das sie so sorgsam hüte . . .